SAPATO DE SALTO

LYGIA BOJUNGA

SAPATO DE SALTO

Ilustração da Capa:
Rubem Grilo

3ª Edição

Rio de Janeiro

2018

COPYRIGHT 2006 © Lygia Bojunga

Todos os direitos reservados à
Editora CASA LYGIA BOJUNGA LTDA.
Rua Eliseu Visconti, 421 / 425 – Santa Teresa
20251-250 – Rio de Janeiro – RJ
Tel.: (21) 2222-0266
e-mail: lbojunga@ig.com.br
www.casalygiabojunga.com.br

Printed in Brazil/ Impresso no Brasil

Nenhuma parte desta obra pode ser apropriada e estocada em sistema de banco de dados ou processo similar, em qualquer forma ou meio, sem a permissão da detentora do *copyright*.

Projeto gráfico: Lygia Bojunga
Foto da orelha: Peter
Ilustração da capa: Rubem Grilo
Auxiliar geral: Paulo Cesar Cabral
Revisão: José Tedin
Assistente editorial: Juliana Borel
Produtor gráfico: Roberto Gentile

CIP - Brasil. Catalogação-na-fonte
Sindicato Nacional dos Editores de Livros, RJ.

B67s 3.ed	Bojunga, Lygia Sapato de salto / Lygia Bojunga ; Capa Rubem Grilo. 3.ed. – Rio de Janeiro : Casa Lygia Bojunga, – 2018	
	276p.: il.; 19 cm	
	ISBN 85-89020-18-5	
	1. Literatura brasileira. I. Título.	
06-1090.		CDD – 028.5 CDU – 087.5

Para
Vera Abrantes
Paulo Cesar Cabral
Roberto Gentile
e
José Tedim —
companheiros de caminhada
na editora Casa Lygia Bojunga —
a minha gratidão.

1.

O segredo azul fraquinho

A família estava almoçando quando a Sabrina chegou. Dona Matilde franziu a testa e falou de boca cheia:

— Ih, mas ela é muito pequena pra ser boa babá. Que idade você tem, menina?

— Vou fazer onze.

Seu Gonçalves olhou devagar pra Sabrina; bebeu um gole d'água:

— O que interessa é se ela tem jeito com criança. Você tem jeito com criança?

— Tenho, sim; eu gosto de brincar com criança.

Dona Matilde se endireitou na cadeira:

— Você não veio pra brincar, veio pra trabalhar.

— Eu sei sim, senhora. — Largou o embrulho no chão e chegou perto do menino.

— Como é o teu nome?
— Betinho.
— Quantos anos 'cê tem?
— Quatro.
— E você?

Em vez de responder, a menina começou a bater com a colher no prato pedindo mais comida. Betinho trepou na cadeira e puxou o cabelo da Sabrina:

— Bonito! Bonita!

Sabrina riu. Dona Matilde olhou pro prato. Seu Gonçalves gostou da risada e do jeito franco da Sabrina; explicou:

— A minha filha não é de muita conversa, não. Mas também só agora que ela vai fazer três anos.

— Puxa, mas ela é tão grande! Como é que ela se chama?

— Marilda.

Sabrina olhou pra dona da casa:

— Que nem a senhora, não é?

— Eu sou Ma-til-de.

— Ah. Será que eu aguento carregar a Matilde no colo?

— Matilde sou eu! Ela é Ma-ril-da. Vê se aprende logo, tá bem? Deixa ela quieta, ela ainda não acabou de almoçar. Vai lá pra cozinha e espera.

Depois eu vou falar com você. Aquela porta ali. Ei! e esse embrulho no chão?

— É a minha roupa.

Era um embrulho pequeno, era um papel de jornal, era um barbante emendado.

— Leva.

Sabrina levou.

A família ficou quieta comendo. Lá pelas tantas dona Matilde olhou pro seu Gonçalves:

— Não gostei do jeito dela.

— Por quê?

— Ah, sei lá, quis logo ir pegando a Marilda.

— Mas se você chamou ela pra ser babá das crianças, você não vai querer que ela pegue as crianças?

— Não chamei nada. Quando me ofereceram uma menina lá do orfanato eu disse logo, é uma experiência, vou fazer uma experiência.

— E como é que ela vai experimentar se você não deixa ela tocar nas crianças?

— Mas não assim de cara!

Seu Gonçalves começou a palitar os dentes. Dona Matilde encheu o prato de batata frita; falou, olhando pro prato:

— Será que ela presta?

— E por que que ela não vai prestar?

— Uma menina assim sem pai, sem mãe, sem nada, será que presta?

— Mas você não disse que não sei quem arranjou uma empregada ótima nesse orfanato?

— Foi.

— Então?

— É. — Comeu uma batata frita. — Mas eu acho que uma pessoa mais velha ia ser melhor.

Seu Gonçalves atirou o palito no prato.

— Escuta aqui, Matilde, você sabia que as meninas desse orfanato são novinhas. Você topou a experiência. A menina largou tudo e veio. E agora, mal ela chega, você já começa a achar isso e aquilo.

— Só estava dizendo que...

— Todo dia você taí reclamando que não encontra ninguém pra tomar conta das crianças e que tudo que é babá não tem paciência e não tem jeito. Agora chega essa menina, risonha, viva, gostando de criança, e você já começa a botar defeito nela.

— Tá bem, tá bem, não vou dizer mais nada. Pegou uma batata frita com o dedo. — Mas ordenado não precisa: a gente vai dar casa, comida, roupa e calçado. E você viu o embrulhinho que ela trouxe, não viu? É sempre assim: elas chegam sem nada. A gente é que tem que dar tudo. E você viu como ela é forte? é do tipo que tá sempre com fome.

— Bom, mas já que ela não vai ter ordenado é justo que ela coma à vontade, não é?

— Só tô avisando. Eu tenho prática: essa menina vai dar uma despesa danada. E vai logo precisar de dentista, você vai ver.

Dona Matilde chupava muita bala, tinha pressão baixa, dormia depois do almoço, de noite tinha um sono de pedra. Avisou pra Sabrina:

— Deixa a porta do teu quarto aberta. E presta atenção: se criança chora de noite, já sabe: vai lá e vê o que que ela quer, se é água, biscoito, se é calça molhada.

E de dia, o dia todinho, a Sabrina tinha que distrair a Marilda e o Betinho. E a roupa dos dois pra lavar e passar. E a mamadeira pra preparar. E a calça pra trocar. E o mingau pra misturar. E o telefone pra atender (taí à toa, menina? quando o telefone toca, já sabe, atende logo). E a toda hora uma comprinha pra fazer:

"Dá um pulo na padaria e pega o pão."

"Vai buscar um litro de leite."

"Corre no botequim: seu Gonçalves tá sem cigarro."

Sabrina corria, num instantinho voltava, achava tudo legal; mal acabava o almoço já pensava no lanche; era só acabar de lanchar pra pensar o que que ia ter pro jantar. A Marilda sempre do lado, o Betinho do outro lado, os três se gostando muito, tome risada e brincadeira, festinha e beijo estalado. De noite, quando deitava, Sabrina ainda queria ficar lembrando o bife desse tamanho, o pão com geleia e manteiga, a tevê tão enorme, mas dormia logo: o corpo moído. Pulava cedo da cama; quando o casal acordava, a Sabrina já tinha lavado, passado, brincado, cuidado.

Dona Matilde entrou na sala e viu a Sabrina de pé junto, braço cruzado, corpo rígido, só boca, nariz e olho mexendo. Marilda e o Betinho rolavam no chão de tanto rir, assistindo ao *show* de careta que a Sabrina estava dando. Dona Matilde parou e ficou olhando. Sem nem se dar conta, começou a rir também. Sabrina virou o rosto assustada. Ficou logo deslumbrada. Quando viu o riso da dona Matilde acabando, começou a fazer careta de novo. Mas o riso da dona Matilde tinha tropeçado na bala que ela estava mastigando: a dona Matilde se engasgou. Sabrina correu, trouxe água, bateu de levinho nas costas da dona Matilde, assim, levando jeito de quem está fazendo festa. Quando o engasgo passou, perguntou:

— Posso chamar a senhora de tia?

— Por que, ué?

— É que se eu chamo de mãe a senhora pode não gostar.

— Nem tia, nem mãe, nem coisa nenhuma, que que é isso? tá esquecendo que é babá das crianças? ora, já se viu!

Seu Gonçalves foi ficando impressionado:

— Que menina inteligente, Matilde! aprende tudo correndo.

Dona Matilde não respondeu. Estalou uma bala no dente.

— E como é trabalhadeira! que boa vontade pra fazer tudo. Você não acha?

— Hmm.

— Você nunca teve uma babá assim. Nem babá, nem cozinheira, nem passadeira, nem nada; essa menina não para um minuto.

Dona Matilde escolheu outra bala no saquinho de plástico.

— Você não acha, Matilde?
— É.
— Mas você não tá satisfeita com ela?
— Ela troca de nome. Tá sempre me chamando de dona Marilda e a Marilda de Matilde.

Seu Gonçalves ria daquela história da Sabrina trocar nomes. E ficava esquecido da vida vendo ela e os filhos brincando. Quando ela virava cambalhota pra divertir as crianças, ele ainda ria mais. E meio que fechava o olho querendo ver melhor a calcinha que a Sabrina usava. Um dia trouxe bala pra ela. Ela se espantou:

— Pra mim?
— Presente.
— Presente pra mim?
— Que que tem, ué?
— Primeira vez que eu ganho.
— Ah, é? — E no outro dia trouxe mais.

Sabrina se encantou.

— O senhor até tá parecendo meu pai. Deve ser bom ter um pai pra dar bala e sabonete pra gente.

— Sabonete por quê?
— Pra cheirar gostoso.

Seu Gonçalves trouxe um sabonete pra Sabrina e falou baixinho:

— Não conta pra ninguém, viu?
— Por quê?
— Psiu!
Ela abaixou a voz.
— Por que, hein?
— Porque eu tô pedindo.
— Ah, então tá, eu não conto.

Seu Gonçalves chegou perto da Sabrina e falou em tom de segredo:
— Olha o que eu trouxe pra você.
— Hmm, quanto bombom!
— Não conta pra ninguém, viu?
— Pode deixar.
— Você tá escondendo direitinho tudo que eu te dou?
— Aqui. — Mostrou a barriga.
O hábito do segredo se formou entre os dois. Às vezes ela ria que só vendo:
— Acho tão gozado a gente falar baixinho assim.
— Psiu!
Ele deu pra esconder bombom no jardim. Anunciava com ar misterioso:

— Tão por aí...

Quando o Betinho e a Marilda se distraíam, a Sabrina saía procurando bombom. Adorava a brincadeira. Quando encontrava o presente, cochichava pro seu Gonçalves: achei! Sem nem se dar conta de que a nova brincadeira era mais um segredo se formando entre os dois. Um dia tomou coragem e pediu uma coisa que há muito tempo queria:

— Lá no orfanato a gente estudava um pouco; o senhor quer continuar me ensinando?

Ele alisou o cabelo dela:

— Você vai ser uma mulher muito bonita, não precisa estudar.

— Ah, eu não quero ficar burra. — E lançou mão de um argumento mágico: — A gente estuda baixinho.

Seu Gonçalves ficou quieto. Ela insistiu. Ele acabou concordando.

— Tá bem, eu ensino. Mas não vou ensinar em segredo, não. A gente guarda o segredo pra outra coisa, tá?

— O quê?

— Não sei, vou pensar.

Dona Matilde se zangou:

— Que absurdo perder tempo com essa menina! parece até que você não tem mais nada pra fazer.

— É que eu vou dar aula pro Betinho, assim os dois aprendem juntos.

— O Betinho não tá precisando de aula nenhuma. E pra que que essa menina quer aula? ela é empregada!

— Ora, Matilde, ela é uma menina tão viva, tem tanta vontade de aprender, é até uma maldade a gente não fazer nada por essa pobre órfã.

— Damos roupa, casa, dentista e comida. E não é brincadeira o que ela come, deve estar botando em dia o tempo todo que não comeu.

— Mas ela trabalha um bocado.

— Brinca à beça!

— As crianças tão sempre pedindo pra ela brincar.

— Ela não tem nada que fazer o que as crianças pedem.

— Mas se ela não faz você zanga, não é?

— Ah! — Enfiou uma bala de hortelã na boca.

Ficou valendo a vontade do seu Gonçalves. As aulas eram antes do jantar.

— Escreve ovo, uva, vovó.

— Ah, isso é fácil demais.

— Então: persistente, perpendicular, maçã.

— Quero uma! — o Betinho gritava.

Sabrina saía correndo, trazia a maçã pro Betinho, se debruçava outra vez no caderno...

— Descasca!

...largava o lápis depressa, descascava a maçã pro menino, perguntava se ele queria na boca, voltava depois pro caderno: per-sis-ten-te.

Seu Gonçalves ficava cuidando ela com o olho, examinando cabelo, braço, pescoço.

— Escreve uma frase com a palavra segredo.
— Quero água!

Ela trazia a água correndo e, pensativa, escrevia:
— O segredo é azul fraquinho.

Seu Gonçalves ficou parado, interpretando a frase de olho fechado. E ela disse que Betinho era um nome azul mais forte, mãe era mais pra amarelo, saudade era bem cor-de-rosa, tinha dado pra ver tudo colorido, adorou a caixa de lápis de cor que o seu Gonçalves escondeu no pé de manga; se tinha um tempinho livre, sentava e fazia um desenho.

Enquanto o seu Gonçalves tentava explicar pro Betinho uma conta de somar, a Sabrina ia desenhando uma flor no papel. Desenhando e se lembrando de uma colega que fugiu três vezes do orfanato. E três vezes voltou. De mancha roxa no corpo. Diziam que era surra, que ela fugia pra ir roubar. Um dia a Sabrina perguntou: é verdade que você foge pra roubar?

"Eu, não! Eu fujo pra ver se eu encontro um pai."

"O teu pai?"

"Qualquer um serve."

Da última vez que fugiu, custou pra voltar. Sabrina quis logo saber:

"Encontrou?"

"O quê?"

"O pai?"

A menina fez um muxoxo e sacudiu a cabeça. Sentou num canto, cruzou os braços e não falou mais com ninguém. Dia seguinte sumiu de novo pra nunca mais voltar.

Sabrina caprichou no desenho da flor e concluiu: não voltou porque, na certa, achou um pai. Que nem eu. E deu a flor de presente pro seu Gonçalves.

A curiosidade era grande: Sabrina progredia tanto nos estudos que o seu Gonçalves quis ver se outras aulas iam ser tão bem assimiladas assim. Entrou uma noite no quarto dela e se instalou na cama com jeito de quem está inventando uma nova brincadeira. Quando a Sabrina foi gritar de susto, ele tapou o grito com um beijo. E depois cochichou:

— Esse vai ser o nosso maior segredo, viu? — e foi brincando de roçar o bigode na cara dela.

Sabrina sentiu o coração disparando. O bigode desceu pro pescoço. Sabrina não resistiu: teve um acesso de riso. De puro nervoso.

— Psiu! psiu! — ele pedia. Mas sem muita preocupação: dona Matilde tinha sono de pedra, e se a pequena ria daquele jeito é porque estava se divertindo. O bigode foi varrendo cada vez mais forte os cantinhos da Sabrina. Ela sufocava: o nervosismo era tão grande que cada vez ria mais. Ele tirou do caminho lençol, camisola, calcinha. De dentro da risada saiu uma súplica:

— Que que há, seu Gonçalves? não faz isso, pelo amor de deus! O senhor é que nem meu pai. Pai não faz assim com a gente. — Conseguiu se desprender das mãos dele. Correu pra porta. Ele pulou atrás, arrastou ela de volta pra cama:

— Vem cá com o teu papaizinho.

— Não faz isso! Por favor! Não faz isso! — Tremia, suava. — Não faz isso!

Fez.

Depois que o seu Gonçalves foi embora a Sabrina ficou parada olhando pra maçaneta da porta. A luz que vinha da rua clareava um pouco o quarto, mas Sabrina só olhava pra maçaneta e mais nada. Já era de madrugada quando reviveu a sensação do bigode andando pelo corpo. Estremeceu: e agora? continuava falando baixinho com ele? sumia dali? olhava a dona Matilde no olho? sumia pra sempre? brincava com a Marilda e o Betinho? sumia pra onde?

Quando o dia se levantou ela sentiu que ia ficar. Sem planos, sem escolha. Só com o instinto dizendo que, apesar de tudo, era mais fácil ficar.

E o grande segredo dos dois passou a animar a vida dele, a botar sombra nos dias dela; e de noite, tudo que é noite, a mesma tensão: ele hoje vem? O olho hipnotizado pela maçaneta redonda, de louça branca, o coração batendo assustado. Foi se esquecendo de prestar atenção no estudo, foi se esquecendo de pensar que cor que era isso e aquilo, nunca mais desenhou.

Seu Gonçalves viu logo que a Sabrina não era muito boa aluna nas aulas da noite.

— Você não faz nada, benzinho, tá sempre tão distraída.

A aluna só conseguia prestar atenção na maçaneta branca. De dia, a imagem da maçaneta rodando não largava o pensamento dela; de noite, assim que se deitava, o olho grudava na maçaneta, esperando o momento dela rodar. Quando o seu Gonçalves não aparecia, a Sabrina só ia dormir de madrugada, o sono enfim vencendo a ansiedade. Mas, se ele vinha, a atração pela maçaneta ainda se tornava mais forte: que medo de ver a dona Matilde entrando! Visualizava a cena. Dona Matilde acordando. Vendo vazio o lugar do seu Gonçalves. Onde é que ele andava? Esperando e ele não voltando. Dona Matilde enfiando o chinelo de salto e pompom. Procurando pela casa. Abrindo a porta do escritório. Do banheiro. Da despensa. Aqui do quarto! E, às vezes, a imaginação exaltada pintava a cena com tanto realismo, que, quando a Sabrina via a dona Matilde entrando, abafava um grito de susto, o corpo estremecendo todo. Seu Gonçalves suspirava contente:

— Isso, benzinho...

Até que uma noite, justo quando o seu Gonçalves vinha num crescendo de exclamações, o olho da Sabrina se despencou da maçaneta pra tira de luz que, de repente, apareceu debaixo da porta. O coração, adoidado, desatou a martelar no ouvido, se misturando com os gemidos do seu Gonçalves. Um chinelo de salto entrou sorrateiro na faixa de luz. Parou. Sabrina quis abafar as palavras que explodiam do seu Gonçalves, mas estava paralisada de medo. O chinelo também: paralisado. E depois que o seu Gonçalves se aquietou o chinelo continuou sem se mexer. Durante um tempo que parecia não ter fim. Até que, lá pelas tantas, o chinelo desgrudou do chão. E a tira de luz se apagou.

No outro dia a dona Matilde não olhou pra Sabrina. Séria, ruga na testa, enfiando bala na boca, triturando ela depressa, mastigando outra em seguida.

Sabrina volta e meia olhava pra dona Matilde, querendo encontrar o olho dela pra ficar sabendo se ela sabia mesmo ou não; mas que medo de encontrar o olho dela! mais que depressa mudava o olho de lugar.

Quando o seu Gonçalves de noite entrou no quarto, a Sabrina tomou coragem:

— É melhor o senhor não vir mais.
Ele não gostou:
— Que que é isso, por quê?!
— Por favor, por favor!
— Mas por quê, ué!
— É que...
— Você não gosta de mim?
— Hein?
— Diz!
— Ai.
— Não gosta?!
— É que... é que a dona Matilde vai descobrir.
— Não vai, não.
— E se ela descobre?
— Deixa comigo.
— E se ela já sabe?
— Deixa comigo, já disse!
— Se ela descobre ela me manda embora e eu não quero voltar pro orfanato.
— Então eu vou deixar você voltar pr'aquilo lá? Deixa comigo.

Dona Matilde deu pra repreender Sabrina cada vez com mais aspereza. Botou ela pra lavar prato, arear panela, esfregar chão, limpar vidro, varrer jardim. Na hora de cuidar das crianças a Sabrina não conseguia mais vencer o cansaço e volta e meia cochilava. Dona Matilde começou a bater na Sabrina cada vez que pegava ela cochilando.

Seu Gonçalves entrou no quarto e abraçou a Sabrina. Ela quis contar que apanhava, mas deu medo de, contando, apanhar ainda mais. Desatou a chorar. Ele se enterneceu.

— Tá chorando por que, benzinho? para com isso. Olha, amanhã eu te trago um presente bem bonito.

Trouxe. Uma calcinha de renda.

— Esconde quando não estiver usando, viu?
— Onde?
— Você não tem um esconderijo?
— Esse buraco no colchão.
— Então?

Na outra vez que voltou trouxe fruta cristalizada. Não brincava mais de esconder bombom e bala no jardim: deixava na cadeira do quarto quando entrava. Quando saía falava:

— A balinha que você gosta taí na cadeira.

Ou chocolate. Ou revista em quadrinho. Ou lenço. Mas levava sempre uma coisa. E quando uma noite não levou, explicou:

— Hoje não deu tempo de comprar.
— Ah...
— Mas guarda esse dinheirinho. — Saiu.

Sabrina levantou, pegou o dinheiro, levou pra junto da janela, examinou, largou pro lado, sentou. Ficou olhando pro chão. Pegou de novo o dinheiro, dobrou devagar a nota, enfiou ela no colchão. E, na outra noite, quando o seu Gonçalves já ia saindo:

— Ei!! e o dinheirinho?

2.

A tia Inês

Foi só a campainha tocar que a dona Matilde gritou, tem gente na porta! e a Sabrina correu pra abrir. Uma mulher na casa dos trinta esperava de braços cruzados. Primeiro, o olho da Sabrina se prendeu no olho da mulher; depois, subiu pro cabelo: ruivo, farto, uma mecha loura daqui, um encaracolado de lá; desceu pra orelha: argolona dourada na ponta; atravessou pra boca: o lábio era grosso, o batom bem vermelho; mergulhou no pescoço: conta de vidro dando três voltas, cada volta de uma cor; o olho ganhou velocidade, atravessou o decote ousado, meio que tropeçou na alça da bolsa e foi despencando pro cinto grosso (que cinturinha que ela tem!), e pro branco apertado da saia, e pra perna morena e forte, que descansava o pé num sapato de salto. Bem alto. Unha da mão pintada da mesma cor do batom.

Veio a voz gritada lá de dentro:

— Quem é que taí?

A mulher informou pra Sabrina:

— A tia Inês.

E só aí a Sabrina reparou que tinha um riso meio terno e brincalhão no olho da tia Inês.

— Tô te achando com cara de Sabrina. Você não é a Sabrina?

Foi só a Sabrina fazer que sim que o grito voltou:

— Sabrina! tem gente aí?

— Tem!

— Quem é?

— Uma tia Inês.

— O quê?

E dessa vez foi a tia Inês que gritou lá pra dentro:

— A tia da Sabrina! a Inês. — E piscou o olho pra Sabrina.

Pausa.

Sabrina estava perplexa:

— *Minha* tia?

A tia Inês fez que sim. O riso no olho aumentou.

— Tia pra valer ou só tia-que-a-gente-chama-de-tia?

— Tia mesmo: irmã da tua mãe.

— Não pode.

— Não pode por quê?

— Eu nunca tive mãe, como é que eu vou ter tia?

— Se você nunca teve mãe, você não podia existir, podia? — Torceu um beliscão no braço da Sabrina.

— Ai!

— Doeu? Então?! você existe. — E soltou uma gargalhada.

Dona Matilde veio lá de dentro ajeitando o vestido, estreitando o olho pra tia Inês, a boca mastigando um resto de comida, a testa franzida. Mediu a tia Inês de alto a baixo:

— *Tia* da Sabrina?

— Hmm-hmm. (E o riso sempre ali no olho.)

Nova medição de alto a baixo:

— A senhora deve estar enganada: a Sabrina não tem parente nenhum.

Parece que a tia Inês achou graça na ênfase dada ao senhora: imitou direitinho:

— A *senhora* é que está enganada: a Sabrina tem uma tia: eu; e tem também uma avó: a dona Maria da Graça Oliveira, conhecida como dona Gracinha.

A perplexidade da Sabrina pegou jeito de fascínio:

— Não acredito! Eu tenho vó também?!

A ruga na testa da dona Matilde ficou mais funda:

— Eu também não acredito: a Sabrina foi apanhada na Casa do Menor Abandonado, e lá eles nos informaram que ela não tinha parente nenhum; ela chegou aqui em casa só com a roupa do corpo e uns cacarecos num embrulho de jornal.

A tia Inês deu uma sacudidela de ombro:

— Isso não quer dizer nada.

— Ah, não? — Fez um gesto de cabeça indicando a Sabrina. — Ela era recém-nascida quando largaram ela lá. Embrulhada num pano. Com um bilhete na barriga dizendo que a criança não tinha ninguém pra olhar por ela.

A tia Inês fez uma festa no rosto da Sabrina:

— Tadinha!

— Nunca apareceu parente nenhum lá na Casa querendo saber se a menina tava viva ou morta, e agora a senhora me vem com a história de que essa infeliz tem tia e avó?

O olho da tia Inês de repente ficou sério. (E só nessa hora a Sabrina concluiu que cor que ele era: verde-amarelado; puxa! que nem o gato aí do lado.)

— Infeliz por quê? Ela tá me parecendo muito bem disposta.

— Claro! a gente trata dela, dá tudo que ela precisa, até de dente ela tratou; e ela fica aí à toa, só brincando com meus filhos e mais nada: tem mais é que estar bem disposta.

A tia Inês olhou pra Sabrina. O olho da Sabrina escapou pra rua. Dona Matilde continuou:

— Se não fosse a gente ela continuava lá naquela espelunca. Magra assim. — Levantou o dedo mindinho e o olho mediu outra vez a tia Inês. — Que tia e que avó são essas que, de repente, aparecem, depois de passar dez anos sem dar bola nenhuma?

— Bom, isso é uma história meio comprida que...

— Francamente, eu não tô interessada em ouvir. Mesmo porque a minha filha tá lá chorando. Vai lá, Sabrina! vai ver o que que ela quer.

Sabrina não se mexeu. Dona Matilde pegou a porta pra ir fechando:

— A senhora deseja mais alguma coisa?

— Claro! se não desejasse eu não tava aqui. — Espichou o queixo pra Sabrina. — Eu quero levar ela comigo.

O fascínio da Sabrina pegou cara de espanto; a dona Matilde foi logo botando as mãos na cintura:

— Assim, é? sem mais nem menos?

— Assim, sim.

— Sabia que, além do *resto*, a senhora é muito folgada?

A tia Inês imitou também o gesto de mãos na cintura:

— Que *resto*, hein?

Dessa vez a dona Matilde olhou ostensivamente o decote do vestido, a coxa forçando a saia justa, o sapato de salto e só disse:

— Hmm!... (que assim mesmo saiu pelo nariz). — Empurrou a Sabrina pra dentro e já ia fechando a porta, mas...

— Um momentinho! — E, justo a tempo, a tia Inês se meteu no caminho da porta, abriu a bolsa, tirou um papel lá de dentro e sacudiu ele no nariz da dona Matilde: — Autorização da Casa do Menor para que a menina seja entregue a Inês Maria Oliveira. — Levou o papel ao peito: — Eu. — Tirou outro papel da bolsa e deu também uma sacudidela nele: — Autorização judicial para que a Casa do Menor Abandonado reconheça Inês Maria Oliveira (eu) como legítima parente consanguínea (tia) da menina Sabrina, e também como legítima parente consanguínea (avó) a senhora Maria da Graça Oliveira, vulgo dona Gracinha; ambas, portanto, com direito à posse da menina até sua maioridade. — Cavou dentro da bolsa e extraiu uma carteira de identidade. Apontou sorridente o retrato: — Eu. — Cavou de novo na bolsa, extraiu outro papel: — Ah, t'aqui: o telefone da Casa do Menor e o nome da diretora. Acho bom a senhora telefonar e confirmar tudo com ela.

Pausa.

O olho da Sabrina não parava: da tia Inês pra dona Matilde, da dona Matilde pra tia Inês.

— Vai lá ver por que que aquela menina não para de chorar, Sabrina!

Mas a Sabrina não queria perder nada da conversa. Deu um passo atrás fingindo que ia, e não foi.

Dona Matilde arrancou os papéis da mão da tia Inês e começou a passar o olho neles, enquanto comentava:

— A senhora podia, pelo menos, perguntar à menina se ela *quer* a sua companhia, não é?

E, sem nem pensar, a Sabrina exclamou:

— Ah, quero! quero sim!

Dona Matilde se virou e gritou:.

— Eu disse pra você ir lá ver por que que ela tá chorando!

Sabrina sumiu correndo. A tia Inês remexeu de novo na bolsa, tirou isqueiro e cigarro, se encostou na moldura da porta e começou a fumar.

O olho ia de um papel pro outro, mas a dona Matilde só enxergava o quadro que tinha acabado de se instalar no pensamento dela:

"Ordem judicial. Tive que entregar a menina." E estendia os papéis pro seu Gonçalves ler. Enquanto ele lia e a cara se complicava, ela acrescentava: "Foi a própria tia que veio: uma senhora muito distinta. Acho que não vamos ter que nos preocupar com a sorte da menina." A cara do seu Gonçalves pegava feitio de raiva e de dor. Ela então inventava outro pedaço da história: "Ela ia viajar com a menina pra casa da avó. Já tinha comprado as passagens. Estavam em cima da hora." A frustração na cara do seu Gonçalves agora era tão grande que a dona Matilde foi se sentindo cada vez mais segura. "Não, ela não quis me dizer onde é que a avó mora. Mas talvez a diretora lá da Casa do Menor saiba, você pode telefonar se quiser, o número é este, toma. Claro que eu falei com a diretora! Claro que eu confirmei a história toda! Eu não ia entregar a menina sem ser obrigada, não é? As crianças adoram ela! Onde é que

eu vou encontrar outra babá parecida,
me diz?"

Olhou pra tia Inês:
— Estes papéis ficam comigo.
— Tirei cópia pra isso mesmo.
— Espere aí que eu vou telefonar pra ver se essa sua história está bem contada. — Sem mais nenhuma hesitação empurrou a tia Inês e fechou a porta.

Ficou um tempo parada, concentrada em aprimorar a frustração na cara do seu Gonçalves. Marchou pro telefone. Fingiu que digitava (quem sabe a Sabrina e as crianças estavam espiando). Começou a falar alto pra todo mundo escutar. Intercalou fala com pausa pra fingir que estava ouvindo. Desligou com força pra fazer barulho, chamou a Sabrina gritado e abriu a porta da rua num tranco. Declarou pra tia Inês:
— Pode levar a prenda. — Virou pra Sabrina:
— Pega as tuas tralhas, você vai embora com ela. — E espichou o queixo pra tia Inês.

— Eu vou lá te ajudar a arrumar as coisas, Sabrina — a tia Inês falou.

Antes que a dona Matilde tivesse tempo de abrir a boca, a Sabrina gaguejou:
— Eu não tenho quase nada, pode deixar, num instantinho eu volto. — E saiu que nem um foguete.

Quando a dona Matilde entrou no quarto, a Sabrina já tinha tirado do colchão e enfiado na calça os "presentinhos" do seu Gonçalves. Agora empurrava pra dentro de uma sacola de plástico livro, caderno, tênis e uma pouca roupa. Dona Matilde vigiava pra ver o que que a Sabrina estava levando. E quando a Sabrina disse que ia se despedir das crianças, ela disse, deixa, não precisa.

— Mas...

— Eu disse DEIXA! Anda com isso que a tua tia tá esperando.

Na saída a Sabrina foi ralentando o passo na esperança de ainda ver as crianças. Mas a dona Matilde abriu a porta pra ela sair de uma vez. Sem saber direito o que dizer, a Sabrina falou:

— Desculpe qualquer coisa, viu?

Dona Matilde ficou olhando pra ela.

— Lembranças pra Marilda, pro Betinho e pro seu Gonçalves.

Dona Matilde ainda olhando.

Quando a Sabrina chegou mais perto pra dar um beijo de despedida, recebeu uma bofetada na cara:

— É pra você não se esquecer que eu não vou me esquecer. — E bateu a porta com a mesma força da bofetada.

O susto pregou a tia Inês no chão. Mas logo ela se recuperou:

— O que que deu nessa bruxa?! — Afundou o dedo na campainha; a outra mão desatou a bater na porta.

— Deixa, tia Inês, deixa, vam'bora.

— Não deixo porra nenhuma! o que que ela tá pensando? Bater numa criança desse jeito!

— É costume, vam'bora. — Puxou a tia Inês.

— Me larga, Sabrina! — Gritou pra dentro de casa: — Quer bater, bate em mim! Abre essa porta e experimenta. Experimenta pra ver se eu não arranco esse teu nariz de bruxa e faço picadinho dele!

— Deixa pra lá, tia Inês, vam'bora!

— Leva uma bofetada de fazer dente pular fora e quer deixar pra lá?? Xi, olha aí! tá saindo sangue da tua boca. — Se esqueceu da raiva e pegou o queixo da Sabrina. — Deixa eu ver teus dentes! Assim, assim feito a gente vê dente de cavalo. Isso. Hmm. Não, não tá faltando nada não, filhinha, você tá de boca inteira. Só a gengiva tá machucada. Pera aí, deixa ver se eu tenho um lenço limpinho. — Procurou dentro da bolsa e tirou um lencinho de renda. Mas a mão amoleceu, despencou: o olho da Sabrina estava cheio de lágrimas, e se tinha coisa que amolecia a tia Inês todinha era ver gente chorando.

— Tá doendo, filhinha?

Sabrina fez que não.

— Mas olha aí quanta lágrima.

Sabrina fez que sim.

— Ah, não chora não, filhinha, vai passar, vai passar. — Molhou o lenço nas lágrimas pra limpar melhor o sangue. — Tá doendo, não tá?

Sabrina fez que não.

A tia Inês se impacientou; bateu o salto do sapato no chão:

— Mas se não tá doendo por que que 'cê tá chorando, raio?!

— É que nunca ninguém me chamou de filhinha. — E fungou com tanta força que a cara se entortou toda.

A tia Inês desatou a rir.

— Pô, mas que caretona! — Estendeu o lenço. — Toma, fica com ele.

— Vam'bora, tia Inês, vam'bora!

— Vamos, sim.

Sabrina saiu correndo, chegou logo na esquina e dobrou. Parou e respirou fundo. Quando a tia Inês emparelhou com ela as duas foram andando com mais calma. Durante um tempo não falaram nada. Depois a tia Inês perguntou:

— Por que que ela disse aquilo?

— O quê?
— Pra você não esquecer.
— Ah...

E agora? contava ou não contava o segredo azul fraquinho? Agora ela tinha uma tia. Que até chamava ela de filhinha. E tinha também uma vó, já pensou? E se ela contava e ficava de novo sem vó e sem tia?

Andaram mais um pedaço do quarteirão sem falar. Como é que era essa tia? será que era tia da gente contar segredo? e como é que ia ser essa vó? Mais um pedaço de chão andado. Sabrina olhou de rabo de olho pra tia Inês: quem sabe ela já tinha esquecido a pergunta?

— Tia Inês?
— Hmm?
— A senhora disse...
— Corta esse senhora, tá?
— É que eu chamava a dona Matilde de senhora, e lá na Casa do Menor também: tudo senhora.
— Não tenho nada com isso: eu sou eu.
— Bom... — E começou de novo: — Tia Inês?
— Hmm?
— Você disse que eu tenho mãe.
— *Tem* não: *teve*.
— Que fim ela levou?

— Afundou no rio.
Sabrina parou de estalo. Olhou pra tia Inês:
— Se afogou??
A tia Inês fez que sim:
— Abraçada com uma pedrona.
— Com quem?
— Com uma pedra grande. — O olho da Sabrina cresceu. — Pra afundar mais depressa — a tia Inês explicou.

E agora elas andaram mais devagar. Em silêncio. Depois:
— Foi quando?
— Logo depois de largar você lá na tal casa dos abandonados.
— Disseram que eu era desse tamanhinho.
— É.
— Você me conheceu assinzinha?
— Hoje é o primeiro dia que eu tô te vendo. E, sabe? — Enviesou um olhar apreciativo pra Sabrina. — Não pensei que você fosse tão bonitinha.

Sabrina estava impressionadíssima com a pedra grande. Nem curtiu o elogio.
— Minha mãe era feia?
— Bonita. Mas acho que a vida estragou ela cedo.
— Quem?

— A vida, Sabrina, a vida. — E dessa vez lançou um olhar duro pra Sabrina. — Ou você acha que a vida é uma festa? — Parou e botou a mão na cintura.

Sabrina ficou sustentando o olhar da tia Inês. Sustentando só, não: espelhando. A tal ponto espelhando, que, de repente, a tia Inês se surpreendeu de ver tanta dureza no olho de uma criança.

— Não — a Sabrina respondeu afinal —, eu não acho que a vida é uma festa. — E seguiram andando.

Na hora de atravessar a rua a tia Inês pegou a mão da Sabrina. De rua atravessada, seguiram do mesmo jeito: mão dada.

3.

O primeiro encontro

As duas estavam quase chegando em casa, a tia Inês e a Sabrina, quando, de repente, um garoto atravessou a rua correndo, parou na frente da tia Inês e perguntou:

— Você é que é a Inês que dança?

— Eu mesma, por quê?

— Bem que eu achei! Quando vi você aparecendo lá na esquina logo pensei: só pode ser ela! Que bom que é mesmo você! Eu me chamo Andrea Doria, muito prazer.

— Chama o quê?

— Andrea Doria.

— Ah, prazer. — Se apertaram a mão. Andrea Doria olhou rápido pra Sabrina...

— Oi.

— Oi.

...e voltou o olho pra tia Inês:

— Seguinte: a coisa que eu mais gosto na vida é dançar.

Apareceu no olho da tia Inês o tal risinho que gostava de aparecer por lá.

— E vai daí?...

— E vai daí que eu queria dançar com você... Quer dizer... não é nada não, viu, é só pra você ir me dando uma orientação e dizendo se eu sou ou não bom de pé... Eu sonho ser dançarino e...

— Como é mesmo o teu nome?

— An-dre-a Do-ri-a.

— Mas que dança você sonha dançar? clássica, contemporânea, samba, salsa, gafieira, rock, o que que você quer?

— Eu quero *dançar*, ponto.

— Peraí, vamos com calma. Que idade você tem?

— Treze.

Puxa! (a Sabrina pensou), só dois anos mais que eu, mas como ele já tá da altura da tia Inês-com-salto!

O olho da tia Inês mediu o Andrea Doria devagar.

— É que... deixa eu te explicar uma coisa, meu filho. Eu não formo bailarinos. Eu danço porque...

porque dançar é bom, faz bem pra saúde, pra cuca, pra tudo. Então eu danço. E se alguém quer dançar comigo, eu danço. Mas é dança sem estilo, sem pretensão, eu danço conforme a música. — Riu curtinho. — Mas cobro. E cobro bem. Na certa você não vai ter dinheiro pra me pagar, vai?

— Não. Quer dizer...

— Então, nada feito. Sinto muito, meu amor, mas eu vivo disso. Eu e a minha mãe. E agora a minha sobrinha também. — Olhou pra Sabrina, mas o olho da Sabrina estava preso no desapontamento do Andrea Doria. — Mais alguma coisa?

— Bom... eu acho que não... Eu... eu acho que era só isso mesmo.

— Então tá. Tchauzinho.

— Tchau. — Acenou devagar e foi se afastando.

Sabrina olhou de rabo de olho pra tia Inês: ela continuava parada vendo o Andrea Doria atravessar a rua, seguir pela calçada oposta, dobrar a esquina e desaparecer; depois suspirou, se virou pra Sabrina e apontou:

— A casa é logo ali. Aquela pintada de amarelo. — Se deram de novo a mão e seguiram em frente.

4.

A dona Gracinha

A casa era de beira de calçada. Porta e duas janelas. Na hora que pintaram a fachada a tia Inês não estava em casa e a dona Gracinha ordenou pro pintor:

— Tudo amarelo! amarelo bem forte!

Ele obedeceu: parede, porta, janela, número da casa, beiral do telhado, maçaneta, fechadura, tudo amarelo. Bem forte.

A porta estava aberta. A tia Inês se impacientou:

— Não tem jeito da dona Gracinha se lembrar de fechar a porta da rua. O que salva é que essa cidade ainda é calma.

Sabrina estava achando engraçado ouvir a tia Inês chamar a mãe de dona. E foi de coração alvoroçado que entrou em casa; mal dava pra acreditar que tinha uma avó, uma tia, e que agora vinha morar com a família.

A porta de entrada dava direto na sala. No centro, a mesa de refeições rodeada de cadeiras. Num canto, uma poltrona vermelha e um sofá azul, um e outra fazendo pontaria pra uma televisão ligada. A tia Inês abriu uma porta:

— Meu quarto é este aqui, olha só. Adoro ele! Não é legal?

— Super.

— Sempre gostei de quarto grande, cama grande, espelho grande.

Sabrina foi se olhar no espelho.

— Puxa! pra que assim tão grande, tia Inês?

— Pra gente se ver dançando, é bom.

— É aqui que 'cê dança?

— Fazer o quê? a dona Gracinha queria porque queria na sala uma mesa com seis cadeiras; queria sofá, queria poltrona, queria televisão, queria eu não sei que mais: entulhou! — Desceu do sapato de salto, jogou a bolsa na cama, tirou o cinto de verniz e gritou: — Dona Gracinha, a sua neta chegou! — Acendeu um cigarro. — Acho que ela tá no quintal. — Apontou o lado oposto. — Você vai ficar no quarto dela, viu? É bem menor que o meu, mas você é miudinha, vai dar certo... — Foi indo pra sala de pé no chão: — Tô com uma sede! Quer água?

A cozinha era pequena e abria pro quintal. Foi só entrarem na cozinha que ouviram o cantarolado da dona Gracinha.

— Bem que eu desconfiava: ela tá lá no varal.

Sabrina se sentiu logo atraída pelo quintal: meio bagunçado, muito ensolarado, todo enfeitado de mangueira, bananeira, pé de chuchu e pimenta, taioba nascendo de um lado, limoeiro dando limão de outro, uma rede pendurada entre o tronco da mangueira e o muro da vizinha, e dois bambus secos enterrados no chão, separados de uns dois metros, fazendo de varal.

Dona Gracinha, na frente do varal, estendia roupa. Os movimentos que fazia se ajustavam na melodia que ela cantava, ou melhor, que ela laralalava, e que reproduziam, direitinho, a sequência de apanhar roupa na bacia de zinco que estava no chão, sacudir a roupa bem sacudida, estender o braço pra uma sacola de plástico pendurada num galho do limoeiro, pegar um pregador, prender a roupa no arame, se abaixar de novo, pegar outra peça de roupa e laralalalá...

Só que: não tinha roupa na bacia, nem pregador na sacola, nem arame nenhum.

Sabrina ficou parada no meio do quintal, de testa franzida pra estranha cena. E só quando a dona Gracinha se virou é que o espanto foi largando a Sabrina. Por causa de uma razão: a dona Gracinha, batizada Maria da Graça, era mesmo uma gracinha:

    Mais pra baixa que pra alta.

    Gorducha.

    O cabelo era um enfeite só: bem branco, todo enroscadinho, rodeando a cabeça.

    Que nem uma auréola.

    Bochecha e ponta de nariz avermelhadas.

    Feito coisa que a dona Gracinha era pau-d'água.

    Um olho preto que, de tão vivo e brilhante, nenhum pau-d'água podia ter.

    Vestido de alça: algodão de florzinha.

    Até o joelho.

    Sandália de dedo que, não se sabe por que, um pé era vermelho e o outro verde.

Quando viu a Sabrina, a dona Gracinha se abriu num sorriso e aí nasceu uma covinha em cada bochecha.

A tia Inês beijou a dona Gracinha e apresentou:
— Aqui está a sua neta.

As covinhas se alargaram. Dona Gracinha abriu os braços:

— Neta! minha boneca! — E colheu a Sabrina num abraço apertado, repetindo: — Neta! minha boneca!

A tia Inês fez uma festa no cabelo branco:

— Você passou bem o dia?

Dona Gracinha respondeu entusiasmada:

— Muito! muito bem! Deu pra lavar tanta coisa que amanhã já vou poder entregar a roupa toda pras freguesas.

— Olha que é muita roupa.

— Deixa comigo.

— E olha que 'cê tá sufocando a Sabrina nesse abraço.

— Sabrina?

— A sua neta.

— Neta! minha Neta! — Desmanchou o abraço e ficou olhando encantada pra Sabrina. Que linda que ela é! — Alisou o cabelo da Sabrina. — Macio... É natural, Neta?

Sabrina arriscou um olhar pra tia Inês. A tia Inês fez que sim. Sabrina fez que sim pra dona Gracinha. Dona Gracinha se entusiasmou ainda mais; começou a alisar com gosto o cabelo e o rosto da Sabrina. Recuou. Mediu a Sabrina de olho pensativo:

— Mas eu vou vestir ela diferente, viu, Inesinha? Que feio que é esse tênis que botaram no pé dela!

e que calça tão desbotada. Não, não, não gosto disso.
Vou botar no pé dela sapato de pulseirinha. E vestido de
tafetá cor-de-rosa. Ela ainda vai ficar mais lindinha. —
E outra vez pegou a Sabrina nos braços como
querendo pegar ela no colo. — Minha boneca!... Neta.

Volta e meia a Sabrina olhava de rabo de olho
pra tia Inês, mas a tia Inês só parecia interessada na
manga madura que tinha acabado de pegar. Dona
Gracinha foi conduzindo a Sabrina pra escadinha
que ligava o quintal à porta da cozinha; fez ela sentar
num degrau; se sentou bem juntinho e quis logo
saber: a gente vai brincar de quê?

Sabrina meio que encolheu o ombro.

— Você sabe brincar de cabra-cega?

Sabrina ficou em dúvida; depois fez que não.

— É assim: eu amarro um pano no olho pra virar
ceguinha. Você vai lá no varal e troca de lugar tudo que
eu pendurei. Aí você leva a ceguinha até lá e manda:

"pega a Maristela!"

"pega a pedra!"

"pega o sapato!"

"pega o bilhete!"

"pega..."

— Calma, dona Gracinha, calma, tem que
mandar uma coisa de cada vez senão a gente se
atrapalha. — A tia Inês tinha se sentado um degrau

abaixo, já de manga rasgada de dente; e agora, se debruçando e abrindo as pernas pra suco nenhum pingar na saia, ela sugava a manga com gosto. Dona Gracinha obedeceu:

— Tá. Então a gente só manda a Maristela. Depois manda mais.

— Explica o negócio do tá esquentando e do tá esfriando — a tia Inês falou sem se virar.

— Ah, é assim, Neta: eu vou de braço estendido pra ver se eu pego a Maristela. Aí... aí... — O dedo indicador se enfiou no enroscadinho do cabelo e começou a enrolar ele ainda mais. A testa se franziu. — E aí... como é mesmo, Inesinha?

Entre duas sugadas de manga a tia Inês respondeu:

— Se você vai chegando perto a gente grita: tá esquentando! tá esquentando!

Dona Gracinha caiu na gargalhada com o *tá esquentando* gritado da tia Inês.

— Se você vai indo pra longe a gente avisa: tá esfriando! tá esfriando! E se vai ainda pra mais longe a gente grita: esfrioooooou!

E, outra vez, a dona Gracinha achou uma graça espantosa do *esfriou*. Como ela não usava sutiã-nem-nada, e gorducha daquele jeito, a risada balançava ela toda. Sem nem se dar conta, a Sabrina começou a rir também. Mesmo assim:

não entendendo coisa nenhuma daquela cabra-cega que estava sendo explicada.

— Aí, se eu acerto pegar a Maristela... — Deixou a frase no ar e a cara foi ficando triste, triste, cada vez mais triste; a Sabrina até achou que ela ia chorar.

Mas a tia Inês se levantou num pulo, anunciando:

— Deixa eu avisar pra Maristela que você vai lá pegar ela. — Fez mira no varal e atirou o caroço de manga: — Aviseeeeei!

Dona Gracinha se animou outra vez:

— Aí, se eu pego ela, eu ganho o jogo. E é você que tem que ficar ceguinha e virar cabra-cega, viu, Neta? — Se levantou e pegou a mão da Sabrina. — Vamos lá brincar. Apanha um pano de prato aí na cozinha pra gente ficar cega.

— Depois, dona Gracinha, depois; a sua neta ainda não lanchou nem guardou as coisas dela; não teve nem tempo de ir ao banheiro, coitada. Depois vocês brincam.

— Então eu vou fazer o quê?

— Você não quer ver televisão?

— Ah é, televisão. — Foi pra sala, aumentou o volume da tevê e se sentou na poltrona vermelha.

Silêncio.

Lá pelas tantas a Sabrina resolveu comentar:

— Gozado: a vó Gracinha até parece o Betinho.

— Quem é o Betinho? — E a tia Inês impulsionou o corpo pro degrau de cima pra ficar lado a lado com a Sabrina.

— O garoto que eu tomava conta lá na casa em que eu tava trabalhando. Ele queria passar o dia todo brincando. A gente também brincava de tapar o olho e um pegar o outro. Mas eu não sabia que isso se chamava cabra-cega. E eu também não sabia que... — hesitou — ...que a gente podia brincar de pegar sem ter nada pra pegar.

A tia Inês continuou quieta.

— A vó Gracinha é sempre assim, tia Inês? parecendo o Betinho?

— Não era. Mas depois ficou.

— Mas o que que aconteceu pra ela ficar virada criança?

— Sei lá! um troço qualquer se desarrumou lá dentro da cabeça dela. Perguntei pr'um médico que examinou ela: por quê?! Ele começou a falar umas coisas que eu não entendi direito, e pela cara dele acho que ele também não, e acabou dizendo que isso às vezes acontece. Aí, na hora de tomar banho, em vez de se lavar ela fica brincando de fazer bolha de sabão; na hora de cozinhar ela faz bolinho de terra pra fritar na frigideira; na hora de lavar roupa (ela sempre lavou roupa pra fora), em vez de pendurar a roupa no varal, ela começa a pendurar nada, quer dizer, no começo eu achei que era nada, depois eu fui entendendo que ela pendura as coisas que ela fica lembrando. Ela lembra demais da Maristela...

— Quem que era?

— A tua mãe.

— Ah!! — E o coração da Sabrina pulou mais alto que o *ah!*

— A pedra não sai da cabeça dela, então ela vai e pendura a pedra, feito ela tava todo dia pendurando roupa no varal pra secar.

— Que pedra?

— A que a tua mãe amarrou no peito pra afundar mais depressa no rio.

Sabrina disse outro *ah!* Só que baixo.

— Pendura tudo que ela lembra. Mas ela lembra sempre as mesmas coisas. No começo ela recolhia as lembranças pra passar elas todas a ferro antes de entregar pras freguesas. Se queimou, queimou tábua de passar, queimou roupa, quase bota fogo na casa: sumi com o ferro. — Levantou a mão fechada e mostrou pra Sabrina o polegar se abrindo, depois o indicador, depois o pai de todos. — Chamei uma, chamei duas, chamei três pessoas pra tomar conta dela. Se eu fico cuidando dela, quem é que sustenta a casa? Mas a dona Gracinha não gostou nem da primeira nem da segunda que eu chamei: disse que elas não sabiam brincar. Só de olhar pra elas de manhã já emburrava pro resto do dia. Da terceira ela gostou. Mas a terceira se mandou: disse que ser babá de gente pirada não era a praia dela. E aí... quer dizer... agora... eu tô achando que você vai gostar de brincar com ela... e ela... com você... – Olhou pra Sabrina: – Não é?

A campainha da porta da frente tocou e a tia Inês achou que era um bom pretexto pra dar um tempo na conversa: se levantou e foi abrir. Era o Andrea Doria.

5.

O segundo encontro

Sabrina se levantou e foi atrás da tia Inês. Mas na cozinha parou: tinha visto o Andrea Doria enquadrado na porta que a tia Inês abriu. Dona Gracinha dormia a sono solto na poltrona vermelha. A televisão, aos berros, mostrava um programa de auditório.

Tia Inês saiu pra calçada e puxou a porta. Mas a porta meio que se abriu e deixou uma fresta de uns dois palmos. Sem se dar conta dos movimentos que fazia, a Sabrina foi se posicionando pra encaixar o Andrea Doria na fresta. Acabou conseguindo. Ele agora estava de perfil, falando e gesticulando. O programa de auditório engolia a fala; a fresta engolia o gesto; a tia Inês, invisível, engolia o olhar dele; mas o perfil era dela, dela! e a Sabrina se apossava dele com gosto, o olho se demorando em cada detalhe da bermuda, do cinto e da camiseta que se ajustava no corpo esguio do Andrea Doria. O olho da Sabrina ia e voltava: do pescoço pro cabelo; do queixo pro cabelo; do nariz pro cabelo; da testa pro cabelo, que era claro, comprido e bom demais — ela pensou — de passar a mão.

Quanto mais ia se apossando da imagem do Andrea Doria, mais tomada ia ficando pela vontade de continuar olhando. Nunca tinha visto um outro alguém que ela gostasse assim de olhar. Sentiu um arrepio no braço;* e quando a tia Inês voltou e fechou a fresta, a Sabrina ficou ali parada e desapontada de ter *perdido* o Andrea Doria. Se sentiu frustrada na curiosidade de saber onde é que ele estava indo, por que que ele tinha vindo, onde é que ele morava, com quem que ele namorava. Uma curiosidade que suplantava todas as outras que desde manhã vinham aguçando a atenção dela: a tia Inês, a viagem pra uma outra cidade (e que dança era essa que a tia Inês dançava na frente do espelho?), a dona Gracinha e o varal.

---

* Mas a Sabrina ainda é criança: está longe de especular o que que um ser pode fazer o outro se arrepiar.

A tia Inês botou as mãos na cabeça:

— Cruzes, dona Gracinha! assim não dá: com a tevê nesses gritos ninguém se escuta aqui em casa! — Baixou o volume da tevê; se virou: — Ué! ela dormiu. Como é que pode, gente, com essa barulhada toda. — Desligou o aparelho. — Vamos lá arrumar o quarto e ver onde é que 'cê vai guardar tuas coisas. Depois a gente prepara um jantarzinho, você deve estar com fome. — Entrou no quarto — Ai, que lindo! espia a lua nascendo. E tá cheinha-cheinha, olha só.

Sabrina parou atrás da tia Inês, imaginando o Andrea Doria seguindo pela rua (será que ele já tinha visto a lua?).

6.

A lua e...
ANDREA DORIA

*V*iu, sim. E foi ralentando o passo pra curtir melhor a claridade que se espalhava pelo anoitecer. Pensando pra quem contava primeiro que a Inês era mesmo legal: tinha concordado dançar com ele cobrando "de mãe pra filho". As aulas começavam na terça-feira.

Andrea Doria estava contente. De olho na lua, ensaiou um passo de dança. Se imaginou dando a notícia ao

RODOLFO

— Pai, é o seguinte, você vai ter que aceitar, essa minha coisa é muito forte: eu tenho que dançar, eu quero dançar! Eu sei que ainda é cedo pra eu sair aqui da cidade e ir pr'um centro grande, pr'um lugar legal que tenha curso, que tenha tudo pra gente aprender a dançar; e eu sei também muito bem que você não vai bancar nenhum curso de dança nem... Peraí pai, peraí, deixa eu acabar de falar, não começa já a ficar nervoso, eu só tô tentando explicar que eu não posso mudar, cada um é o que é, e se eu resolvi que a dança é o que eu quero... calma aí, pai! Me dá uma chance de... Ah, mas que saco! Assim não dá pra conversar com você, mal eu começo a contar um troço e você já vem com esse negócio de que eu tenho mais é que jogar futebol; quantas vezes eu preciso te dizer que eu não gosto de me esfalfar atrás d'uma bola, eu gosto é de dançar! Mas eu não quero mais ficar dançando sozinho, pô! eu preciso treinar com alguém que saque movimento corporal melhor do que eu!... Não tô gritando, não tô gritando, só tô falando explicado, eu preciso de uma parceira, ou de um parceiro, só que... Parceiro de dança pai, parceiro de dança... Ah! esquece. Não adianta querer conversar com você.

    Andrea Doria parou na calçada. Ficou olhando pra lua. Tomou uma resolução: deu meia volta e, em vez de seguir pra casa, se encaminhou pra rua onde mora o

JOEL,

já formulando em pensamento a conversa:

— Joel, amanhã eu começo a dançar com a Inês. Puxa, cara, foi a coisa mais legal do mundo: primeiro eu me encontrei com ela na rua, pedi pra tomar aula com ela, mas ela disse que cobrava bem e quando eu falei a minha idade ela nem pareceu mais interessada. Eu fiquei meio sem jeito, sabe, e fui logo dando o fora. Mas não tive mais sossego, Joel, não tive mais sossego: quis estudar, não deu; quis ler, não deu; não deu nem pra ver televisão, e aí, no fim desse troço de não dar nada, eu pensei, puxa! eu gostei tanto da cara dela, quem sabe eu vou lá na casa dela e falo com ela do jeito que eu tô falando aqui contigo: descontraído, olho no olho, sem besteira nem nada, e ela topa! Pô, Joel, de repente eu tive tanta certeza que ela ia topar que eu fui. Cheguei lá, a gente conversou um pouco, e não deu outra, ela é súper! "Tá bom, meu querido, vê lá o que que você pode pagar, que eu tenho mãe e sobrinha pra criar, e a gente dança, dança até cansar." Não é o máximo, Joel, não é o máximo?!

Andrea Doria parou na calçada, visualizando o Joel:

No olhar um risinho irônico;
no queixo a mão apoiada;
no cabelo uma mecha pintada;
na mão um livro antagônico.*

— Joel, não começa agora a pensar que eu tô querendo outra coisa da Inês que não seja dançar com ela, viu?

No olhar o risinho aumentou;
um riso que a boca imitou.

— VIU?!

E o Joel pronunciou:

— Bom proveito.

Quando chegou na esquina o Andrea Doria já estava achando melhor falar com o Joel numa outra

---

* Um dia o Joel declarou pro Andrea Doria: eu sou um antagônico: daqui pra frente só vou ler livros antagônicos. Andrea Doria fez uma cara de incompreensão. E o Joel falou: Andrea, meu querido, pra você me compreender melhor você tem que saber direitinho o que é um antagônico; sobretudo no que se refere a ser antagônico ao SISTEMA. (E quando o Joel fala em sistema o corpo dele estremece todo, feito coisa que está tendo uma convulsão.)

hora. Deu meia-volta; foi se encaminhando devagar pra casa.

A lua cheia resplandecia, botando mais luz no Largo da Sé do que os velhos lampiões que iluminavam aquele histórico recanto da cidade. Ao atravessar o largo, Andrea Doria viu

PALOMA E LEONARDO

abraçados no banco perto do chafariz. Se sentiu seguro: agora não tinha mais problema: pra eles, podia contar.

— Oi, mãe! Oi, tio Léo!

— E aí, filhote, tudo certinho?

Leonardo afastou a Paloma pro lado:

— Senta, Andrea, a gente já tinha se despedido, não é? mas quando eu saí o largo estava tão bonito, assim, com essa luona, que a Paloma e eu resolvemos sentar neste banco pra curtir.

— E pra lembrar do tempo em que a gente vinha brincar aqui...

— ...e que a tua mãe me empurrava pra eu cair dentro d'água.

— Eu só? Você também, ué: tava sempre me empurrando pra dentro do chafariz.

— A tua mãe era terrível, Andrea!

— Mentira do Léo! o monstrinho era ele.

— Vem cá, minha terrível — puxou Paloma mais pra junto. Se abraçaram.

Andrea Doria continuava de pé na frente deles, meio esquecido de tudo, de tanto que achava bom olhar o querer dos dois. Eram gêmeos; e tanto a cor do cabelo como o feitio da boca e do nariz da Paloma eram iguais aos do Leonardo. Mas, de repente, Andrea Doria se lembrou do que estava querendo anunciar:

— Fui lá, mãe.

— Aonde meu filho?

— Falar com a Inês.

— Ah, é? e aí?

— Tudo joia. Terça-feira eu começo as aulas. Ela disse pra eu pagar o que puder. Vamos depois ver o que que a gente pode?

— Vamos. Você já falou com o seu pai?

Andrea Doria sacudiu a cabeça.

— Hmm... Ah, filho, por falar em falar, o Joel telefonou e pediu pra você ligar pra ele. — Desviou o olhar. — Disse que era urgente.

— Sei... — Ficou um instante quieto. — Bom, então eu... eu deixo vocês aí curtindo a lua. Boa viagem, tio Léo.

Leonardo se levantou pra abraçar o Andrea Doria:

— Gostei muito de te ver de novo, Andrea. Olha só, Paloma, ele já está quase da minha altura. Vou ver se na próxima vez que eu passar aqui pela cidade dá pra ficar mais tempo.

— Pelo menos um pernoite, tio Léo.

— É.

— Você vem pro nascimento da Betina?

Leonardo se virou.

— É pra quando, Paloma?

— Mês que vem.

— Como é que você está se sentindo de ganhar essa irmã depois de treze anos de filho único?

— Ah, tô achando o máximo! Já disse pra mãe: deixa ela comigo: troco fralda e tudo.

Riram; se abraçaram de novo. Leonardo ficou olhando Andrea Doria se afastar. Sentou outra vez junto da Paloma e fixou o olhar no sobradão em frente.

Silêncio.

Depois:

— Você tem certeza, Paloma?

— Certeza de quê? — Encolheu o ombro. —Também, nem adianta perguntar: eu não tenho mais certeza de nada, sou o próprio ponto de interrogação.

— Certeza de que o sobradão vai abaixo?

— Ah, disso eu tenho, olha lá a pilha: tudo pro tapume que vão levantar na frente do prédio: atrás vai tudo abaixo.

— Mas não é possível! este largo é uma joia do século XVIII, e o sobradão...

— Disseram que a estrutura está comprometida.

— É só descomprometer!

— O prefeito diz que não tem verba.

— Leva quanto da incorporadora imobiliária que vai levantar o espigão e destruir a harmonia arquitetônica deste largo precioso? Ah, Paloma, isso me enlouquece! Até quando a gente vai ter que viver vendo governo atrás de governo não levar a sério a defesa do nosso patrimônio, da nossa arquitetura, das nossas florestas, do nosso artesanato, das riquezas que tem o nosso chão? Até quando nós vamos continuar presenciando o abandono e a entrega disso tudo?!

— É.

Silêncio.

— Léo...

— Hmm?

— Eu preciso te contar uma coisa.

— Hmm.

— Tá fazendo uns três meses que o Rodolfo chegou em casa feito louco: disse que tinha passado lá pelos lados da estação e viu, de longe, o Andrea Doria e um amigo dele, o Joel (um amigo que é uns cinco ou seis anos mais velho que o Andrea), pescando no rio. Ficou espiando e lá pelas tantas viu os dois se beijando. Na boca. E o Rodolfo ficou olhando pra mim, feito pedindo uma explicação. Aí eu falei, pois é, o Andrea Doria agora anda empolgado pelo Joel; e não deu tempo de dizer mais nada: o Rodolfo começou a me acusar de ter criado o filho dele pra ser *gay*. Nessa hora o Andrea Doria chegou em casa. E você pensa que o Rodolfo parou de falar? Desatou a gritar. De propósito pro Andrea Doria ouvir. Disse que eu devia estar muito satisfeita: eu não botava o menino pra lavar louça? pra fazer a cama? eu não vivia dizendo que machismo não dá pé? eu não tinha aproveitado uma viagem longa que ele teve que fazer a Portugal, quando foi resolver a herança do avô, justo pra escolher sozinha (e isso ele fica repetindo: sozinha! sozinha! você nunca me consultou) o nome que eu ia dar pro filho dele? e que eu, muito louca, tinha escolhido um nome de mulher?!

Leonardo achou graça:

— Você nunca me contou isso.

Paloma deu de ombros.

— Desde que você foi pra São Paulo a gente raramente se vê...

— Mas ele não sabe quem foi o Andrea Doria?

— Claro que não, Léo! Mas até aí tudo bem: a gente não tem nenhuma obrigação de saber que lá, um belo dia, na Itália, em pleno século XVI, um cara que ia entrar pra história recebeu o nome de Andrea Doria. Mas o que...

— Paloma, você lembra da nossa emoção lá no porto?

— Que porto?

— Lá no porto de Gênova. A gente tava com quinze anos, não é? quando o vô Giuliano nos convidou pra conhecer ele, lá na Itália.

— Não... acho que a gente ainda não tinha feito quinze anos... Coitado do vô Giuliano, não é, Léo? Sempre que eu penso nele me dá tristeza...

— Ah, é?

— Você, não?

— Pra ser franco, eu nunca mais tinha pensado nele.

— Tantos anos naquela cadeira de rodas! E sempre com tanta vontade de conhecer o Brasil, de vir visitar o filho... Ficou arrasado quando o papai morreu naquele acidente... Achava que só mesmo conhecendo os netos ia se consolar um pouco de ter perdido o único filho...

— É, ele era um cara triste.

— Mas legal.

— Meio rabugento, não é?

— Mas ficou supercontente quando a gente aceitou o convite pra conhecer ele. Nunca me esqueço da emoção dele quando nos abraçou. Tadinho! fazendo força pra se levantar da cadeira...

— O que eu gostei mais lá em Gênova foi o porto. A casa do vô Giuliano era ali pertinho, lembra? E toda hora a gente escapava pra ir ver o movimento dos navios de carga, de turismo e de tudo que rolava naquele porto.

— A coisa que eu mais queria na vida era poder viajar.

— É.

— E nunca mais viajei.

— Pois é.

— Mas eu queria era viajar de navio.

— Você sempre teve mania de mar.

— E fiquei sempre aqui no interior...

— Quando te perguntavam, no Natal, que presente você queria, você dizia (faz voz de criancinha): "Eu quero um navio." E eu achava que você era muito estúpida pra pedir navio em vez de avião.

— E aí eu vinha aqui pro largo fazer meu navio navegar nas águas do chafariz.

— E lá no porto de Gênova, de repente, a gente olha e vê aquele navio lindíssimo chegando...

Paloma levanta o braço e corre a mão pelo ar:

— ...escrito bem grande, assim, no casco: *Andrea Doria.*

— Era um fim de tarde, me lembro, o céu tava meio vermelho, e aquele navio enorme e todo branco chegando...

— ...com bandeirinha de tudo que é país que tava na rota dele...

— ...foi mesmo emocionante aquela chegada...

— ...escrito bonito no casco: *Andrea Doria.* Achei o nome lindíssimo. Nem sei o que que me impressionou mais, se o navio ou o nome...

— ...quem sabe os dois juntos?

— ...só sei que o nome ficou repetindo na minha cabeça, Andrea Doria, Andrea Doria, e mesmo sem nunca ter visto ou ouvido aquele nome antes eu pensei: se um dia eu tiver um filho ele vai se chamar Andrea Doria. E nem por um momento me ocorreu que alguém pudesse achar que Andrea Doria era nome de mulher.

— Mas o Rodolfo achou.

— E até hoje acha. E sempre que a gente discute ele bate outra vez nessa tecla. E nesse dia que ele viu o Joel e o Andrea se beijando ele ficou doidinho: disse que ia dar uma surra no menino pra ele aprender que homem não é coisa de outro homem beijar na boca. E quanto mais eu pedia calma e mostrava pra ele que o Andrea Doria estava ali perto ouvindo, mais ele me acusava de não ter cortado, desde pequenininho, esse gosto que o Andrea tem pra dançar, "tem mais é que jogar futebol! tem mais é que chutar bola pra aprender a ser homem!". Ah, Léo, foi uma cena horrível. Eu queria argumentar com ele, pedir, por favor, pra gente conversar esse assunto de outro jeito, mas tudo que eu queria falar acabou trancando aqui na garganta, feito, feito... — E outra vez trancou: Paloma não conseguiu falar mais nada; fechou a boca com força.

    Leonardo voltou a olhar pro sobradão. Lembrou que, no passado, o prédio pertencia a um comendador, dono de terras e de um armazém. Quando o comendador ainda era vivo, o armazém funcionava na parte de baixo; no primeiro andar era a moradia da família; no segundo, o salão de festas. Leonardo sacudiu a cabeça devagar: lindo! e que construção sólida e sóbria! e que elegância os balcões da janela! e que perfeição o ferro forjado! Pensou no prefeito. Como é que não botavam na cadeia um prefeito que deixava assassinar um sobradão assim, mutilando o harmonioso conjunto daquele largo histórico. Se ele fosse juiz, quanto tempo de cadeia ele dava pro prefeito? Crime: CUM-PLI-CI-DA-DE. Começou a calcular a pena. Mas a Paloma perguntou:

— Lembra quando a gente tinha dez anos? e eu me apaixonei por aquela menina que veio morar em frente da nossa casa?

A lembrança da menina veio tão forte que o Leonardo logo se esqueceu da pena que ia aplicar ao prefeito.

— Ela se chamava Astrid, lembra, Léo? era dois anos mais velha que a gente. — E tão diferente! Loura, olho azul, cabelo tão fininho que qualquer brisa deixava ele esvoaçando no ar.

— Lembra da bicicleta que ela tinha?

— Vermelha. Pneu de banda branca, grosso assim.

— A nossa era cor de ferrugem.

— Cor de ferrugem nada! enferrujada mesmo. E de pneu bem fininho.

— Segundas, quartas e sextas, era minha...

— ...nos outros dias, minha; e no domingo a gente tirava par ou ímpar.

— Lembra da governanta da Astrid?

— Que raiva que dava quando as duas começavam a falar naquela língua que a gente não entendia nada.

— E quando o pai da Astrid mandou fazer a piscina no jardim?

— Nossa, que sensação! era a primeira piscina que aparecia na cidade. — Leonardo imitou o sotaque da Astrid: — "Papai mandou *fazerr* a piscina *parra* nós *poderr aguentarr* o *verrão* do *Brrasil*." — Riu. Paloma riu junto.

— E aí você vai e se apaixona por ela.

— Só eu?

— Nós dois.

— Você descobriu que gostava dela quando leu escondido o meu diário.

— Você também leu o meu...

— Que briga que deu.

— Eu vivia na janela. Só pra ver a Astrid passar.

— Quando ela me convidava pra brincar com ela eu quase morria de emoção.

— Astrid!

— Astrid!

— Eu ficava horas pensando como é que eu podia roubar a Astrid. Só pra mim.

— Um dia inteirinho! Só pra mim.

— E aí beijar ela de um jeito que eu achava que era o jeito melhor de beijar.

— E que eu acabei nunca beijando.

— Tudo passou tão depressa!

— Um dia a gente estava na janela e ela atravessou a rua correndo.

— De vestido branco. Tinha feito uma trança no cabelo; uma só.

— E tinha prendido uma flor na ponta da trança, acho que era glicínia.

— Não, não, era alamanda.

— Como é que você sabe?

— Eu vivia arrancando alamanda do pé pra dar pra ela...

— Ah, é? você nunca me disse.

— Você nunca perguntou...

— Quando ela correu, a flor caiu; ela se abaixou e pegou.

— Parou na calçada e disse assim: "Nós vamos *emborra* do *Brrasil*. A minha mãe disse que não aguenta *outrro verrão* aqui."

— A gente ficou sem saber o que fazia.

— Só morrendo de vontade de torcer o pescoço da mãe dela.

— E aí ela ficou na ponta do pé e estendeu a flor. Nós pegamos ao mesmo tempo, lembra?

— Lembro.

— Astrid.

— Astrid.

Paloma suspirou e se encolheu mais no abraço do Leonardo:

— Eu quis contar pro Rodolfo o que que eu sentia pela Astrid pra ver se ele entendia melhor o que que o Andrea Doria anda sentindo pelo Joel. Mas ele maliciou tudo. Aí eu contei pro Andrea Doria. Eu vi que ele tinha ficado muito perturbado com aquela cena que o Rodolfo fez e então eu achei que devia contar essa paixão que eu tive pela Astrid, pra ele não ficar se achando assim, sei lá, diferente, esquisito. Só que... — Parou de falar.

— Só quê...?

— É que... bom, é que... às vezes, me parece que essa história do Joel está bem diferente da história da Astrid... — Foi saindo de mansinho do abraço. — Não sei. No princípio eu achei que era só empolgação de ter um amigo mais velho, metido a intelectual, mas... — olhou pro Leonardo — mas agora eu ando sentindo que essa empolgação virou uma grande perturbação pro Andrea Doria.

— E essa tal de Inês que vai dançar com ele, que que é isso agora?

— Bom, o Andrea Doria, desde pequenininho, gosta de dançar...

— Isso eu sei.

— ...e, à medida que ele foi crescendo e esse gosto aumentando, mais foi aumentando também o conflito com o Rodolfo, que cismou porque cismou que o menino, em vez de dançar, tem que fazer esporte, tem que jogar futebol.

— Na certa ele acha que chutar bola vai curar a delicadeza dos gestos e do andar do Andrea...

Paloma perguntou devagar:

— Você acha uma delicadeza... delicada demais?...

Leonardo deu de ombros:

— Depende de com quem a gente compara: comigo? com você? com o Rodolfo? Se comparar com o Rodolfo, é capaz de achar que sim... — Deu um riso curto. — Mas, me diz, e essa tal de Inês?

— Bom, isso é uma história meio misteriosa e meio engraçada. A mulher apareceu aqui na cidade não faz muito tempo. Deve regular de idade com a gente. Um mulheraço! Veio do Rio; morava lá; e veio com a mãe; vivem juntas. Mas não é casa de porta aberta, não. Corre aí um boato que, no Rio, ela era prostituta assumida, mas aqui, dizem, ela recebe é pra dançar. Dizem que ela dança muitíssimo bem.

— Dança o quê?

— Parece que ela dança tudo. Dá aula pra quem quer aprender; dá um par sensacional pra quem gosta de dançar; dá reunião pra quem quer

dançar com mais gente; é tudo em torno da dança;
dizem que ela tem lá umas teorias de que a dança
é essencial pra cura do corpo e da alma; enfim,
desde que ela chegou aqui na cidade é prato do dia
nos menus da fofoca.

— Mas que prato, hein?
— Tô dizendo.
— E ela cobra?
— Ah, cobra! e bem.
— Mas não fica só na dança, fica?
— Parece que varia. Pode também ficar.
— Mas quem é que vai lá?

Paloma olhou em torno, simulando cautela
pra ninguém ouvir. Cochichou:

— Dizem que todo e qualquer figurão aqui da
cidade e dos arredores resolveu aprender a dançar.

Leonardo caiu na gargalhada.

— Conta mais! tô adorando essa fofoca.
— Soube que tem dado um monte de briga
doméstica.
— Já tem gente se separando?
— Ainda não: se a coisa engrossa, o marido
logo enfrenta: se fosse uma academia de ginástica
você não criava esse caso, não é?! mas, como é de
dança...
— E a mulher vai nessa?

— Se não vai, ele arrasta a mulher pra "academia" e a Inês bota logo a mulher pra dançar também. Parece que tem dado certo, e com isso a Inês arranja outra cliente...

Os dois riem.

— Mas ninguém sabe por que que ela largou o Rio?

— Mistério.

— Acho que na minha próxima vinda vou tomar umas aulas com a Inês pra assuntar esse mistério. Xi! a lua já vai alta e eu tenho algumas horas de estrada pela frente. — Acaricia com ternura a barriga da Paloma. — E por falar em lua: espero que a Betina nasça de bunda voltada pra lua, como o papai dizia quando queria desejar felicidades a uma criança que ia nascer. — Se levanta e bota a tiracolo a bolsa de viagem: — Betina. Gostei do nome. Quem que escolheu?

— Desta vez fiz questão que o Rodolfo escolhesse.

De repente ela se agarra com tanta força no braço do Leonardo, que ele se volta surpreso. E se surpreende ainda mais ao ver o medo que tomou conta da cara da irmã. Mais que medo: um quase pânico. Ele vai se sentando outra vez devagar e, por um momento, ficam assim: um de olho no outro. Paloma se segura nas duas mãos dele:

— Eu tô com medo, Léo, eu tô com muito medo! A gente não se entende mais, o Rodolfo e eu; parece que cada dia que passa a gente pensa mais diferente. Eu sei que a gente sempre pensou diferente, mas eu sempre fui louca por ele, então nunca me custou tanto assim abandonar meus sonhos de viagem, de uma profissão, disso e daquilo, porque, no fundo, o que eu queria mesmo era viver sempre com ele, ter filhos com ele, uma família feliz com ele, com ele! com ele! Mas não tá dando mais. Desde que o Andrea nasceu que ele tá querendo mais filhos. Mas, você sabe, eu fiz tudo que os médicos mandaram fazer pra engravidar e não consegui. E disso também ele começou a me acusar. Sobretudo depois que ele deu pra ficar com raiva dessa história do Andrea Doria ser "diferente", feito ele diz. Quantas mil vezes eu disse pra ele: mas você pensa que eu também não morro de vontade de ter mais filhos? de, pelo menos, ter uma filha? a filha que eu sempre sonhei ter? O último médico que eu consultei disse que eu não sou bem formada pra parir. Eu comecei a sentir que o Rodolfo me desprezava por causa disso. Ah! Léo, você não imagina como isso me fez sofrer. Eu quis tanto adotar uma menina! Mas ele foi irredutível: de jeito nenhum! filho tinha que ser *dele*; ou então de mais ninguém. Foi daí pra frente que eu comecei a questionar essa paixão que eu senti por ele desde que a gente se encontrou pela primeira vez. E quando, afinal, um dia, eu concluí que não gostava mais dele, eu descobri que tinha engravidado novamente. Isso, no começo, pareceu até que ia renovar a nossa relação. Eu me senti tão feliz de ter, afinal, concebido a minha Betina! Mas aí o Andrea Doria começou com essa amizade com o Joel e o Rodolfo logo cismou com isso. Desatou a espionar o menino. Agora vive com um humor de cão. Perturbando ainda mais o Andrea Doria, que (eu sei! eu sinto! ele não me diz nada, mas eu sei, eu sinto!) já anda tão perturbado pelo Joel. — Escondeu o rosto no braço do Leonardo. — Eu tô com medo, Léo, eu tô cheia de pressentimentos ruins. Eu queria tanto, tanto! que a Betina nascesse com tudo bem lá em casa pra, de saída, ter uma coisa boa pra oferecer pra ela. Ah, Léo! o que que eu faço pra sair dessa angústia, desses pressentimentos, desse medo, me diz! eu tô me sentindo perdida demais.

Leonardo ficou acariciando a cabeça da Paloma.

— Daqui a pouco você se acha de novo — ele acabou dizendo.

Ela não se mexeu.

— Você tá chorando, é?

Ela foi levantando a cabeça devagar:

— Você esqueceu que o chorão da família *sempre* foi você? — Se olharam. Ela suspirou: — Tá vendo? É só eu continuar desabafando que essa tua lágrima presa vai despencar. — Se levantou. — Você não quer mesmo pernoitar aqui em casa?

Leonardo fez que não e foi se encaminhando pro carro.

— Dirige com cuidado, Léo. Por favor.

— Prometo.

Quando chegaram no carro se abraçaram comprido. E outra vez o Leonardo fez uma festa delicada na barriga da Paloma.

— Tchau, minha irmã.

— Tchau, meu irmão.

7.

Lembranças

Foi a Sabrina que abriu a porta pro Andrea Doria.

— Oi.

— Oi.

E quando ele disse que a Inês estava esperando ele pra dar uma aula de dança, a Sabrina ficou estática: já pensou se ela entrava na aula e saía dançando com ele?! Mas se recuperou da hipótese: fez um gesto pro Andrea Doria entrar, fechou a porta, chamou a tia Inês, e foi só a tia Inês entrar que o olho da Sabrina foi direto pro sapato que ela estava usando, de salto bem alto, feito ela sempre usava quando se arrumava pra receber.

— Pode botar o som, tia Inês?

— Pode, pode.

— O que que vocês vão dançar?

A tia Inês consultou Andrea Doria com o olhar:

— Alguma preferência?

— Não.

— Então vamos começar com o nosso feijão com arroz. Deixa aquele CD que já tá lá: tem samba de tudo que é jeito.

Sabrina ligou o som, correu pro quarto e sentou na cama pra apreciar.

Andrea Doria hesitou um momento diante do gesto da tia Inês convidando ele pra entrar no quarto.

— É grande, tem mais espaço — ela explicou — e tem um espelhão pra gente se acompanhar.

— Posso tirar o sapato? — ele pediu.

— Se você prefere...

— É que tudo que eu gosto de fazer eu gosto de fazer de pé no chão.

A tia Inês riu:

— Pois eu não sou assim: pra cada coisa que eu gosto o meu pé quer um salto diferente.

Sabrina ficou olhando encantada pro pé da tia Inês. Se ajeitou mais gostoso na cama pra curtir a aula de dança e sentiu uma frustração medonha quando a tia Inês falou:

— Sabrina, meu amor, a dona Gracinha hoje tá muito agitada: vai brincar com ela lá no varal, vai.

Não era desculpa: a dona Gracinha estava mesmo agitada, e se tinha coisa que preocupava a tia Inês era deixar a dona Gracinha sozinha quando ela se agitava assim. Sabrina se levantou e foi saindo do quarto sem vontade nenhuma, o olho preso no Andrea Doria. Mas ele já estava concentrado no movimento do corpo da tia Inês ao som da música.

Lá no quintal, com movimentos enérgicos, a dona Gracinha estendia roupa no varal, se abaixando, pegando uma peça, torcendo ela bem torcida, sacudindo ela no ar, prendendo ela no arame; e foi só a Sabrina chegar perto pra ela já gritar contente, Neta! minha amiga Neta! Beijou e abraçou a Sabrina e em seguida incluiu a Sabrina na tarefa do varal:

— Pega aí o bilhete! estende ele ali! pendura lá o sapato! vê se a pedra já secou!

Sabrina começou a imitar os movimentos da dona Gracinha, feito quem pega roupa, torce roupa, pendura roupa.

E a dona Gracinha gritava:

— A pedra não ficou bem limpa! bota ela de molho! — A Sabrina botava. — Vira o sapato pro sol! — A Sabrina virava. — Tira o bilhete da bacia! — A Sabrina tirava.

Os movimentos da dona Gracinha iam ficando cada vez mais enérgicos. Lá pelas tantas ela parou, cansada; enxugou o suor da testa e perguntou:

— Acha que dá tempo de secar tudo pr'eu passar logo à noite e amanhã cedo entregar pra freguesa?

Sabrina nem pestanejou:

— Acho que dá, eu ajudo.

— Ah, então tá.

— Dá pra sentar no degrau?

— Dá.

— Então tá.

Sentaram no degrau da escadinha.

De olho passeando pelo céu, a dona Gracinha apoiou o cotovelo no joelho, a bochecha na mão e começou a se lembrar em voz alta de cenas e conversas do passado: episódios desencadeados que, pra Sabrina, não faziam nenhum sentido, mas que ela escutava com a maior atenção, querendo encontrar uma ligação, uma sequência em toda aquela desordem de lembranças.

Já era noite fechada quando a tia Inês gritou lá de dentro:

— Gente! 'cês ainda tão aí no varal?

A dona Gracinha teve um estremecimento e se botou de pé.

— A roupa já deve ter secado. Vamo lá pegar.

Logo no dia seguinte da chegada à casa amarela, a Sabrina declarou:

— Tia Inês, eu não entendo.

— O quê?

— O que que a vó Gracinha faz lá no varal. Não tem varal, nem arame, nem nada...

— Pra *ela* tem.

— ...não tem roupa na bacia, nem prendedor na sacola...

— Pra ela tem.

— ...ela fica pendurando o quê?

— Lembranças, já te expliquei.

Sabrina ficou um tempo ruminando a informação.

— Mas como é que isso funciona?

A tia Inês ficou pensativa:

— Sei lá! Acho que nem eu nem ninguém entende isso aqui. — Bateu com o indicador no alto da testa. — O que eu sei é o que eu já te disse:

já faz tempo que a dona Gracinha deu pra fazer essa misturada esquisita de coisa acontecida e de coisa inventada. Foi piorando com o tempo. E no dia que ela levou um empurrão e caiu de mau jeito...

Sabrina interrompeu:

— Empurrão?

A tia Inês ignorou a interrupção.

— ...daquele dia em diante ela ficou pancada de vez. E depois começou com essa piração de pendurar lembrança em varal.

— Mas, por que no varal?

A tia Inês deu de ombros.

— Só sei que desde que o meu pai largou nós três...

— Nós três?

— A dona Gracinha, a Maristela e eu. Desde que a gente ficou largada num sufoco medonho de grana, a dona Gracinha se virou ainda mais com esse negócio de lavar roupa. Ficava dia e noite lavando, passando, engomando, tirando mancha, entregando aquela rouparia toda pra fulana, pra beltrana. Você não tem ideia do que que a dona Gracinha se esfalfou pra nos dar casa, comida e educação: ela queria porque queria que a gente estudasse, que a gente aprendesse, que a gente fosse coisa de se firmar nas pernas e não coisa que qualquer um chuta pra cá e pra lá.

Ficaram quietas.

— Mas tia Inês...

— Hmm?

— ...então ela pendura lembrança pra secar? e depois pra engomar? passar? entregar pras freguesas? é isso?

— É. Ela chega perto de mim assim, ó... — estende os braços.

— Isso mesmo! Antes d'eu vir falar aqui com você, a vó Gracinha veio assim de braço estendido, feito você falou, e fingiu que me entregava uma roupa.

— Só que ela não tá fingindo, não: ela tá crente que tá entregando mesmo.

— Mas pode?

— O quê?

— A cabeça da gente se atrapalhar assim?

— Pelo jeito... — Deu de ombros.

— Mas aí, sabe, eu fiquei assim... meio sem saber como é que eu entrava nessa.

— Aceita a roupa, ué.

— Bom, eu aceitei. Mas aí ela quis conferir o tal do rol, e eu não sabia nem o que que é rol...

— É a listinha do que que ela lavou e passou.

— Mas só tinha sapato e bilhete e pedra e mar e areia, uma coisa!...

— É: é sempre o mesmo rol. O sapato é que varia: ora é assim, ora é assado. E o mar, às vezes, varia também: ora ela diz que é o mar do marido, ora ela diz que é o mar da filha.

— Mas como é que rola? Ela vem, estende a roupa... e a gente faz o quê?

— Entra no jogo, ué. Recebe a roupa e confere o rol. Aí ela vai te contar o trabalho que deu pra lavar isso, pra engomar aquilo, e aí começa a lembrar umas coisas do passado e vai se acalmando da agitação.

Sabrina ficou um momento pensativa. Depois concluiu:

— Bom, então não é difícil brincar disso. Acho que eu vou tirar de letra.

Tirou.

O ROL

Foi só a Sabrina chegar perto que a dona Gracinha se virou e estendeu os braços:

— Vim entregar a roupa.

— Cadê o rol?

— T'aqui. — Dona Gracinha tirou nada de dentro do bolso e entregou pra Sabrina.

Foram andando pra cozinha. Sentaram no primeiro degrau da escadinha. Sabrina botou a trouxa no patamar e tirou os alfinetes de fralda que prendiam o pano protetor da roupa. Dona Gracinha acompanhou atentamente a mímica da Sabrina. Fazia questão absoluta de que os alfinetes (deste tamanho!) fossem logo devolvidos pra ela. Guardou eles no bolso. Sabrina desdobrou o pano e começou a "cantar" o rol:

— Uma pedra grande!...

Era só a Sabrina "cantar" uma peça que a dona Gracinha cantava de volta:

— Ela me deu muito trabalho pra engomar e passar. Tava de um jeito horrível, cheia de limo e de sujeira. Porque ela é assim, olha, ela é bruta, raspa a mão da gente, não é lisinha não, tudo que é sujeira vai se entranhando aí. Me deu muito trabalho pra lavar, foi por isso que eu botei mais preço no rol. A senhora paga?

Sabrina ficou um pouco pensativa, depois confirmou:

— Pago.

— Ah, então tá. — Ficou esperando a Sabrina cantar mais rol.

— Um bilhete rasgado!

— Ah, esse também me deu muito trabalho, tive que consertar ele todo antes de lavar, olha aí. Então a senhora vai pagar mais, não vai?

— Vou.

Mas a Sabrina não sabia brincar sempre igual: experimentou mudar as regras do jogo; dizer, por exemplo, que o rol estava errado e... Pra quê! A dona Gracinha ficou mais agitada do que nunca! O rol não podia estar errado, as perguntas e as respostas tinham que ser sempre as mesmas, o lugar de pendurar a roupa no varal também. Só dentro da mais estreita mesmice é que a dona Gracinha conseguia recordar fragmentos do passado e, recordando, se acalmar. Então contava de novo como era o sapato vermelho que a Inesinha estava usando; e logo descrevia uma sandália de salto que a Maristela tinha acabado de comprar; e emendava com a história de gente chegando na casa dela pra trazer um presente. Uma pedra. Grande assim. E o homem deu a pedra de presente pra ela, dizendo: o corpo da tua filha Maristela tava no fundo do rio amarrado nesta pedra aqui.

E a Sabrina escutando, imaginando, tentando visualizar o homem... a pedra... o rio...

...Eles entraram. E um dos homens falou:
— O corpo da tua filha Maristela tava no fundo do rio amarrado nesta pedra aqui. — Botou

a pedra em cima da mesa. Assim mesmo: úmida; um pouco de areia grudada nela, e de limo também.

O choque deixou a dona Gracinha pregada no chão. Ela olhava da pedra pro grupo que tinha chegado: dois homens na frente, uma moça atrás. A Maristela, tão linda nos seus quinze anos! tinha, afinal, aparecido outra vez, mas o corpo...

— Já estava decomposto — os homens disseram.

...o corpo não existia mais, só existia a pedra, a pedra, a pedra que ela tinha amarrado no peito pra afundar mais depressa no rio. Ela? Ela! a Maristela, tão bonita que ela era, de cabelo castanho claro, liso feito o cetim, de olho tão acompanhando a cor do cabelo, quinze anos! quinze anos! recém se preparando pra vida; e aquela risada gostosa que ela tinha; e aquela mão generosa sempre pronta pra uma carícia; e aqueles seios crescendo pra alimentar a criança que ia nascer; quinze anos, gente, quinze anos! e nada mais dela sobrando; só uma pedra e nada mais?

No grupo vinha a moça que se deixou ficar pra trás, usando os homens feito escudo com a tarefa de dar o peso da notícia pra dona Gracinha carregar.

Mas agora a moça toma a frente e estende um papel. Sem coragem de olhar a dona Gracinha no olho, ela diz:

— A Maristela escreveu um bilhete explicando. Depois rasgou e jogou no lixo dizendo, é melhor a minha mãe continuar não sabendo o fim que eu levei. Mas depois eu fui lá na lata de lixo e peguei o bilhete: mãe de amiga da gente é meio mãe da gente também: achei que esse bilhete tinha que ser da senhora: tá aqui. — Botou o papel na mão da dona Gracinha e saiu. Os dois homens saíram atrás.

Durante um tempo imenso a dona Gracinha ficou de braços caídos, olhando pra pedra. Depois levantou o bilhete pra ler. Grudado aqui e ali com fita adesiva, e cheio de ruga que o amassado deu, o bilhete tinha sido escrito num papel cor-de-rosa com uma florzinha impressa de cada lado. A dona Gracinha botou o papel na mesa e ficou alisando o bilhete pra desenrugar ele mais. Depois leu:

"Minha mãe,
Pari. É uma menina. Quem me botou prenha não quer mais saber de mim e não quer ver a filha que fez, só disse, vire-se. Eu queria ser professora, feito a senhora sempre quis. Mas agora eu só quero morrer. Não tenho coragem de pedir para a senhora tomar conta da menina. Vai dar despesa. Vai dar trabalho. Vai dar ainda mais

chateação do que eu já dei. Acho melhor levar a minha filha comigo. Só que eu não sei se eu vou ter coragem, quem sabe um dia ela pode ser feliz. Desculpe qualquer coisa, viu?

Bênção.
Maristela."

Se a dona Gracinha tivesse recebido só o bilhete rasgado, sem pedra, sem notícia de corpo no rio, sem nada, na certa ela ia pensar que o "é melhor levar a minha filha comigo" queria dizer que a Maristela ia se mudar de cidade, de lugar, e pronto: tava levando a filha junto. O "agora eu só quero morrer" ficava por conta dessas coisas que a gente diz sem pensar quando bate a tristeza. Mas a pedra, ali, em cima da mesa, com aquele pouco de limo e de areia, agarrou o olho da dona Gracinha e não quis mais largar. A pedra hipnotizava. A pedra virava telão: a dona Gracinha se vendo nele. Ela e a Maristela. As duas frente a frente. No dia em que a dona Gracinha, pra acabar com a ansiedade obscura que, a toda hora, fazia o coração bater assustado, compreendeu que uma certeza, mesmo péssima, era melhor do que a incerteza que vinha roendo ela por dentro.

— É impressão minha ou tu tá de barriga?

A Maristela desviou o olhar e ficou enrolando uma ponta do cabelo no dedo. ("A Inesinha é uma pimenta! Em compensação a Maristela é mel puro." Era assim que a dona Gracinha se referia às filhas. E ria. E olhava encantada pra uma e pra outra, tão bonitas as duas, mas tão diferentes também; a Maristela sempre suave e tímida, pra não dizer humilde e submissa, sempre pronta pra apagar os "incêndios" da Inesinha.) A Maristela olhou pra dona Gracinha e fez que sim:

— Já vai pra seis meses.

A dona Gracinha botou as mãos na cabeça:

— Seis meses?! e tu não me diz nada??

— Tava sem coragem.

— Quem é ele?

— O meu namorado.

— Que namorado é esse que eu nunca vi?

— Ele nunca quis ser apresentado pra senhora.

— Já se vê! já se vê o que que ele queria de ti! já se vê!

— Não é pra senhora ficar chateada.

— Ah, não?! ah, não? Tu ficou maluca, é? Uma menina que ainda nem fez quinze anos! Recém-começando a se preparar pra ser professora! Prenha de seis meses! Dum salafrário que não

quer nem conhecer a família dela! Depois de todo sacrifício que eu venho fazendo desde que tu nasceu! Trabalhando dia e noite pra te dar uma vida arrumada! pra te dar educação! pra te fazer uma professora! e essa é a paga que tu me dá!?
— E a cada exclamação a voz se esganiçava num desespero maior.

O olho da Maristela foi se enchendo de lágrimas; o dedo enrolou a ponta do cabelo mais devagar; a fala saiu triste:

— Eu não queria ter ficado prenha. Mas fiquei. Fazer o quê?

— Isso não podia ter acontecido! Você não podia ter deixado isso acontecer! Ele vai casar com tu?

— Ele é casado.

— O quê! tu te meteu com homem casado! tu ficou maluca de vez?

— É que eu me apaixonei, mãe.

— Mas, e agora?! vai virar mãe solteira, com quatorze anos? ele vai te sustentar? é isso? todo o meu sacrifício de cada dia, cada mês, cada ano, pra te dar estudo e uma vida arrumada, vai tudo pro ralo?! é isso? mal começa a vida e já tá abrindo perna pra homem! foi isso que eu te ensinei?...

A Maristela fez que não.

— ...foi isso que Deus mandou, que a Igreja te ensinou?

...que não.

— Foi isso que tu aprendeu na escola?!

...que não, que não...

— E ainda por cima com homem casado que, vai ver, tem até idade pra ser teu pai.

A Maristela fez que sim.

O desespero da dona Gracinha cresceu:

— Isso também, é? isso também?! e agora? tu tem que sair da escola! antes de todo mundo saber que tu tá prenha. Se é que já não sabem...

A cabeça da Maristela ia fazer que sim, mas parou no meio do caminho.

— ...e eu, muito burra, ainda querendo achar que essa barriga aí era de tanta batata frita que tu gosta de comer. E agora? e agora?! o que que tu tá pensando da tua vida? o que que tu tá imaginando fazer?!

Quanto mais o desespero ia ganhando forma na fisionomia da dona Gracinha, mais o choro ia lavando a cara da Maristela. O dedo tinha parado de enrolar o cabelo pra ir afastando as lágrimas que já desciam também pelo nariz.

— A senhora é tão boa pra gente, eu não queria fazer a senhora sofrer.

— Já fez, já fez! o mal já tá feito. Agora eu só quero é saber o que que tu pretende fazer. Tu e esse cara. Ele vai montar casa pra ti?

— Ele não tem dinheiro.

— Isso também?! Aaaaah!

Foi um *aaaah!* que doeu tanto na Maristela que ela até fechou o olho pra não ver.

A voz da dona Gracinha se quebrou no *ah;* e agora saiu no feitio de gemido:

— Mas tu sabe! pra cada ano de estudo, pra cada uniforme, pra cada sapato, tu sabe quanta peça de roupa eu tenho que lavar, passar, engomar! é trouxa e mais trouxa de tudo emporcalhado, pra devolver tudo limpinho e cheiroso, tu sabe quanto! tu tá vendo todo dia eu despejar aquele monte de roupa suja no tanque. E, mal eu vou enxergando o fim do caminho pra dar uma vida arrumada pra tu e pra Inesinha, tu me faz isso? Cansei de prometer pra Deus que a força que Ele me dá todo dia pra luta ia ter sempre o agradecimento da gente, e tu me faz passar essa vergonha com Ele? e com os vizinhos? e com os fregueses? e ainda quer fazer eu trabalhar ainda mais pra sustentar o fruto da tua vergonha dentro de casa? — Um aperto mais forte na garganta estancou a voz dela. Dona Gracinha sentou, se inclinou sobre a mesa, cruzou os braços e escondeu a cara lá dentro. Só o movimento dos ombros denunciava os soluços.

A Maristela sentou também. O choro continuava silencioso. A não ser por uma fungada daqui e outra dali.

Ia doer menos escutar a voz da dona Gracinha xingando do que ver ela assim, só o ombro sacudindo, mostrando tudo que é soluço que ela estava abafando.

Depois de um tempo, ainda sem fazer barulho nenhum, a Maristela se levantou e saiu. Nunca mais a dona Gracinha viu a filha.

Quando a noite veio chegando entregaram uma carta pra dona Gracinha. A mão dela tremeu quando desdobrou o papel e o olho viu a letra da Maristela:

"Minha mãe,
Não quero ver a senhora passando vergonha por minha causa. Nem com Deus nem com ninguém. Vou embora para não lhe dar mais tristeza. Mas no dia que eu puder dar alegria eu volto logo. Agora, o pai da criança tem a obrigação de me ajudar. Não me procure. Nem se preocupe comigo. A senhora já fez muito por mim. Sou

agradecida. Quando a criança nascer eu levo
ela aí para a senhora conhecer. E depois
arranjo uma pessoa para cuidar dela
porque eu vou continuar a estudar para
chegar a professora.
Um beijo na Inesinha.
Desculpe qualquer coisa.

        Bênção.
        Maristela."

Desde o dia em que a tia Inês foi buscar a
Sabrina pra morar na casa amarela (e no caminho
contou que a mãe da Sabrina tinha amarrado uma
pedra no peito pra afundar mais depressa no rio),
volta e meia a Sabrina pensava na mãe; com uma
vontade danada de saber mais dela. Três vezes
pediu pra tia Inês falar da mãe. Na primeira vez a
tia Inês desconversou; na segunda fingiu que não
escutou; na terceira não gostou; a Sabrina nunca
mais perguntou: estava tão encantada de ter tia e
avó! tão bom que era morar na casa amarela! tão
gracinha era a vó Gracinha e tão legal a tia Inês! E
que maravilha não ter que ficar pensando, abro ou
não abro a geladeira? como ou não como isso ou
aquilo? tomo ou não tomo banho? Pela primeira vez
na vida a Sabrina experimentava o gosto que a

liberdade tem e, aaah! era bom demais. Enfim tomava consciência de que a vida *também* podia ser uma festa, e de que ser feliz era tão bom! Resultado: deu pra se assustar ao menor sinal de botar a festa em risco, quer dizer, de aborrecer a tia Inês ou a dona Gracinha. Então resolveu esperar: quem sabe, um dia, a tia Inês ia ter vontade de contar as histórias que ela queria tanto ouvir.

Da mesma maneira, não querendo arriscar de parecer bisbilhoteira, era só o Andrea Doria (ou outro alguém) chegar pra dança que ela sumia logo lá pro quintal com a dona Gracinha...

Daí o coração ter dado um pinote naquela quinta-feira, quando a tia Inês gritou lá pro quintal:

— Sabrina! vem cá dançar com o Andrea Doria!

Sabrina não se mexeu: será que ela tinha escutado bem?

— Sabrina! você escutou?

Tinha!! Saiu que nem uma flecha, jogando fora na corrida a sandália de dedo, que o bom era dançar de pé no chão.

Andrea Doria olhou tão surpreso pra Sabrina quando ela começou a dançar na frente dele, e a tia Inês olhou tão contente pro par, que, se a Sabrina já vinha achando que a vida podia ser uma festa, naquele momento ainda achou muito mais.

A razão da tia Inês ter chamado a Sabrina pra dançar foi porque, na véspera, voltando de uma saída que tinha dado, encontrou a Sabrina brincando de dançar com a dona Gracinha. De braço estendido e mãos dadas, a Sabrina ia conduzindo a dona Gracinha pra cá e pra lá, fazendo ela imitar os passos que ia inventando. Dona Gracinha ria às gargalhadas. Mas a Sabrina parecia levar o exercício a sério. Mais a sério, no entanto, foi o que pensou a tia Inês vendo a Sabrina dançar. Não precisou mais de um minuto pra ela compreender que, aquilo sim, era um "bem de família": a Sabrina *também* tinha nascido com o dom da dança. Naquele momento brotou na tia Inês o desejo de transformar em realidade o sonho que a dona Gracinha sonhou no passado. Se ela, Inês, não tinha conseguido se tornar uma grande dançarina, quem sabe, agora, chegava a vez da Sabrina?

Quanto mais observava a Sabrina dançando, mais o desejo ganhava força: se eu não cheguei lá, agora eu vou fazer ela chegar...

No dia seguinte, quando a Sabrina e o Andrea Doria dançaram juntos pela primeira vez, a Sabrina se emocionou tanto com os olhares de surpresa e aprovação que a tia Inês e, muito especialmente, o Andrea Doria, lançavam pra ela, que depois se sentiu cansada à beça. Foi só acabar de lavar a louça do jantar que foi logo dormir.

Não era ainda meia-noite quando acordou com a voz da tia Inês na porta da rua. Estava se despedindo de alguém. Voz de homem. Voz que a Sabrina não conhecia. Vinha luz da sala. Do quarto da tia Inês também. A dona Gracinha dormia fundo e, de vez em quando, roncava. A porta da rua se fechou; a luz da sala se apagou. Ressoaram passos na calçada. Passos da tia Inês também, indo pro quarto. E, de repente, sem mais nem menos, a Sabrina sentiu vontade... vontade, não: *necessidade* de contar pra tia Inês o que ela nunca tinha contado pra ninguém. Se levantou num pulo, correu pro quarto da tia Inês e anunciou da porta:

— Tia Inês eu preciso te contar um segredo! Um segredo que eu nunca ia contar, mas eu preciso, tia Inês, eu preciso te contar. Mesmo que você zangue, eu preciso. Mas não zanga não porque eu não tive culpa. Quando ele entrou no meu quarto a primeira vez, eu nem tava pensando o que que ele ia fazer comigo. Mas ele fez. Depois voltou na outra noite e...

E a Sabrina, ali mesmo na entrada do quarto, de pé no chão e de mão agarrada na moldura da porta (feito coisa que tava se segurando), despejou, sem pausa e sem pontuação, a primeira e as outras visitas do seu Gonçalves; e nem pra contar do chinelo de salto e pompom aparecendo no friso de luz a Sabrina parou pra respirar; e só depois que contou tudo que é castigo que a dona Marilda castigou é que ela se assustou com o desabafo e parou de falar. Ficou de olho grande olhando pra tia Inês. Depois perguntou:

— Você fica aborrecida comigo por causa disso?

A tia Inês, que tinha sentado na beira da cama quando a Sabrina chegou, deu uma palmadinha no lençol indicando o lugar pra Sabrina sentar e espichou o queixo pra porta quando a Sabrina se aproximou. Sabrina fechou a porta, sentou ao lado da tia Inês e perguntou de novo:

— Fica?

A tia Inês fez que não:

— Quando eu vi o jeito daquela mulher te tratando eu logo saquei o que que devia ter rolado por lá.

— E você acha, tia Inês, que a minha mãe... ela ia ficar aborrecida comigo?

Em vez de responder, a tia Inês afofou os travesseiros contra a cabeceira da cama, se reclinou, acendeu um cigarro e ficou olhando pra fumaça expelida. Depois se levantou, abriu o guarda-roupa, remexeu daqui e dali e voltou pra cama empunhando duas folhas de papel. Uma, cor-de-rosa, toda vincada e colada; a outra, escrita em papel de embrulho. Foi esta que a tia Inês, se recostando outra vez nos travesseiros, leu em voz alta: Querida Marlene... – Baixou o papel e explicou: – Marlene é uma amiga que a tua mãe tinha e que emprestou uma grana pra ela. – Levantou de novo o papel:

"Querida Marlene, não está dando para te pagar. Minha vida está difícil. O Zeca me abandonou. E só me deu uma mixaria que logo acabou. Com essa barriga não arranjo emprego. Tentei de babá, faxineira, tudo. Mas não deu. Não tenho coragem de voltar para casa. O jeito foi aquele mesmo que você conhece. Tem homem que gosta, não é? de trepar com mulher de barrigona. A criança está para nascer. Fico com muita fome. Fazer o quê? Assim que der eu te pago. Muitos beijos. Maristela."

A tia Inês baixou o papel e olhou pra Sabrina:

— Taí: a tua mãe ainda não tinha feito quinze anos e já tava trepando pra não passar fome. Então... — deu de ombros — eu acho que ela não ia ficar aborrecida com você, não. Ia ficar triste feito eu fiquei agora que você me contou essa história. E ia também ficar puta da vida com o tal do seu Gonçalves. Feito eu tô. Mas ia entender fácil. Feito eu entendo.

— Mas, tia Inês... eu não tô sacando.

— O que, minha flor?

— Por que que a mãe tava com fome? Não tinha comida aqui em casa pra vocês?

— A tua mãe saiu de casa quando já fazia seis meses que tava prenha de você. O cara era casado, não tava nem aí pra ela. Mas ela tava numa paixão medonha. A dona Gracinha ficou desesperada quando soube, e a Maristela então achou melhor sumir. Na certa pensou que o cara ia ficar com ela. Mas nesse outro bilhete aqui — mostrou o bilhete rasgado — ela conta outra vez que o cara não quis mais saber dela e mandou ela se virar.

Sabrina continuou olhando pra tia Inês feito coisa que não estava entendendo. Mas a tia Inês estava absorta na fumaça do cigarro. Quando falou de novo parecia que estava falando mais pra ela mesmo do que pra Sabrina:

— Só que este bilhete ela jogou fora em vez de mandar. Foi a amiga dela, a Marlene, que salvou ele do lixo e levou pra dona Gracinha, junto com a pedra que a Maristela amarrou no peito. Esse eu não aguento nem ler. — Estendeu o papel cor-de-rosa pra Sabrina. — T'aqui. E a pedra um dia eu joguei fora: não aguentava mais ver a dona Gracinha parada olhando pr'aquela pedra — Suspirou. — Daí pra frente a dona Gracinha foi ficando meio diferente. Diferente, assim, no jeito de encarar a vida. Mas a cabeça parecia que continuava legalzinha. Ela só começou a ficar de miolo mole quando, tempos depois, eu também: me adoidei de paixão por um cara que não valia nada e larguei meus estudos, minha dança, minha mãe, minha casa, larguei tudo pra seguir o cara feito cachorro segue o dono. E depois que ela deu a tal batida de cabeça ela pirou de vez: voltou pro tempo de criança. — Se virou pra Sabrina e levantou o dedo num gesto de aviso: — Atenção, Sabrina, atenção: amor é bonito, é bom; amar todo mundo quer; ser amada mais ainda, mas atenção, presta atenção. — O dedo se tornou mais enérgico. — Paixão, não! Paixão desgraça a gente; a gente vira cachorrinho mesmo: sempre olhando pro dono pra adivinhar o que que ele quer que a gente faça; rabinho sempre abanando quando adivinha e faz. Atenção!

As duas ficaram se olhando. Depois a tia Inês assumiu um ar meio nostálgico:

— Eu era feliz quando criança. A Maristela também. A gente era pobre, mas a gente era uma família legal. Nós quatro. Legal mesmo. Quando o papai casou com a dona Gracinha ele já trabalhava num sítio grande que tinha aqui perto. Vai ver, ainda tem; um dia desses vou lá pra ver. Grande à beça o sítio. Plantavam flor nele todinho. Meu pai trabalhava lá desde garoto. Tua mãe nasceu lá. Depois eu. Seis horas da manhã o pai já tava agachado na plantação de flor. Vinha almoçar em casa. Falava pouco. Acabava de comer e já voltava pro campo de flor. A dona Gracinha lavava e passava a roupa da família dona do sítio. Tinha de tudo na família: oito filhos, avó com catarata, tia que casou e veio morar junto, tinha sogra, tinha sobrinho, tinha trouxa e mais trouxa de roupa pra dona Gracinha lavar e passar. Mas ela não era de reclamar; nunca fez cara feia pro trabalho. Só de uma coisa ela fazia questão: "as minhas filhas vão estudar". A Maristela ainda não tinha seis anos e já tava na escola pública. Essa mesma pra onde 'cê vai ano que vem, Sabrina, lá na esquina. Ano seguinte eu fui também. De manhã cedo a gente saía pela estrada. Três quilômetros de terra pra andar. A dona Gracinha ficava no portão da escola esperando a gente entrar; voltava pra lavar roupa, e era só acabar de estender tudo no varal que já voltava pra cidade buscar nós duas. Dizia: "filha minha eu não solto; só se for na frente do altar". A Maristela logo gostou de estudar e de me ensinar. Mas eu gostava era de dançar. Então ficou desde cedo resolvido: a Maristela ia ser professora e eu bailarina. E a família ia viver feliz para sempre.

E a tia Inês contou que um dia o pai dela, que cada dia vinha falando menos, e que cada noite fechava mais a cara, de repente falou uma coisa que a dona Gracinha achou esquisita: "Só gosta da flor quem não tem que viver da flor." E pronto: foi só isso que ele disse. Se levantou e foi pro botequim. Não era dado a bebida, mas, não mais que de repente, naquele dia encheu a cara. E contaram que ele batia com a mão na mesa e repetia gritado: o mar! o mar! agora eu quero o mar! E quando mandaram ele parar com aquela cantilena ele se levantou zangado e disse: vou limpar a sujeira da minha unha! não enfio mais a minha mão na terra! não ralo mais meu joelho no chão! cheeeeega! Mas como o cheeeeega nunca chegava no fim expulsaram ele do botequim. Quem encontrou com ele na estrada, já bem longe da cidade, contou que perguntou pra onde ele ia, e ele respondeu: vou pro mar.

Quando soube do sucedido, a dona Gracinha passou três noites sem dormir, só lembrando do dia em que o marido foi com o caminhão do sítio levar flor pro Rio e lá viu o mar pela primeira vez. Justo quando, no horizonte, um navio ia passando. Ficou tão impressionado com a sensação de liberdade que o mar transmitiu a ele, e tão enamorado daquela beleza sem limites, que, na volta, quando soube que o quitandeiro já tinha sido marinheiro, volta e meia arrumava um pretexto pra ir lá na quitanda e puxar conversa com o homem. Só pra ouvir ele contar coisas do mar.

Nas três noites que a dona Gracinha ficou sem dormir, mil vezes ela se lembrou do marido sentado, de olho perdido no ar; e quando ela perguntava: pensando o quê? ele não mentia: no mar. E a dona Gracinha rolava pra cá e pra lá na cama, pensando quanto homem larga a mulher por outra, mas o dela era diferente: largou ela pelo mar. Será que nunca mais ele ia voltar?

E a tia Inês confirmou:

— Nunca mais ele voltou.

Sabrina estava de olho arregalado.

— Nem notícia ele deu?

— Zero. — Deu aquele encolher de ombros, tão dela, e acendeu outro cigarro. — Na certa foi ser marinheiro.

E a tia Inês contou que depois do sumiço do pai a vida continuou igual lá no sítio: a família todinha queria continuar usando a roupa lavada-passada-engomada-na-perfeição que a dona Gracinha levava, dia sim dia não, pra eles todos, e então concordaram que as três continuassem morando na mesma casinha. E como sempre pagaram muito pouco pra dona Gracinha, e como agora não tinha o salário do pai, a vida ainda ficou mais difícil. A dona Gracinha começou a trabalhar na horta em troca de levar umas "sobras" pra casa e, mesmo assim, continuava levando e buscando as meninas na escola. Mas se sentia recompensada de ver as duas prosseguindo os estudos, passando de série a cada ano, e todo dia agradecia a Deus.

O tempo foi passando. Um belo dia apareceu um casal de amigos da família pra passar férias no sítio: mais roupa pra lavar! O homem dormia o dia todo; foi se recuperar de um estresse. A mulher, a dona Lili, habituada a viver no Rio, achou a vida no interior uma pasmaceira medonha; a toda hora pegava o carro e ia dar uma arejada. Passou a encontrar a dona Gracinha na estrada, indo ou voltando da escola. Começaram as caronas, as conversas, e a dona Lili ficou impressionada com a dedicação da dona Gracinha e com a perfeição com que ela lavava e passava a roupa. No dia em que a cozinheira do sítio adoeceu e chamaram a dona Gracinha pra quebrar o galho, a dona Lili se impressionou ainda mais: que delícia de comida!

Daí pra querer que a dona Gracinha fosse com ela pro Rio foi um pulo. No princípio a dona Gracinha hesitou:

— E as meninas?
— Vão junto, é claro!
— Mas... e o estudo delas?
— Vão estudar muito melhor! Onde eu moro tem uma escola ótima pra formar professores; e tem um curso de dança daqui, ó! — apertou a pontinha da orelha.
— Mas... e o mar?
— Que que tem?
— E se elas também...?
— O quê?
— Só ficam querendo saber dele?
— Eu moro na Tijuca.
— Fica onde?
— Longe do mar.
— Ah!

E lá se foram as três com a dona Lili e o marido estressado. Pra desgosto e revolta dos donos do sítio, dos oito filhos, da tia que veio morar junto, da avó com catarata, etc., etc.

Não demorou pra dona Gracinha cair em estado de ansiedade: compreendeu que, querendo dar uma melhor oportunidade de estudo pras filhas, tinha aberto pra elas a porta da liberdade: a vida no Rio se mostrava incompatível com a vigilância que ela tinha se habituado a exercer. Vendo que as meninas, a cada dia que passava, se encantavam mais com o "jeito carioca de viver", a dona Gracinha se agarrava mais e mais com Deus. Nos longos monólogos que desfiava pra Ele não cansava de reprisar que só uma coisa interessava a ela: uma vida arrumadinha pra Maristela e pra Inesinha: Ele ia ajudar, não ia não?

Um dia a faxineira convidou a dona Gracinha pra ir com as meninas, no domingo, passear no subúrbio onde ela morava. Contou que lá a vida era mais calma, mais barata e que ela morava numa casinha com quintal. A dona Gracinha se entusiasmou:

queria ver terra de novo, nem que fosse um pedacinho só (quem sabe, com pé de couve e parreira de chuchu?...). Não se habituava com tanto asfalto, muito menos com elevador, e menos ainda com a presença do filho da dona Lili, que chegou em férias dos Estados Unidos, onde estudava, e, ao chegar, passou a olhar as meninas com ares de proprietário.

A filha da faxineira trabalhava de copeira na casa do falecido. Era assim que se referiam à casa de um político do lugar que fez fortuna se dedicando à corrupção e que mandou construir aquele casarão com tudo a que o mau gosto tem direito. Ao se consolidar na posição de figurão da região, morreu baleado. Daí em diante, também passaram a chamar a mulher dele de *a viúva do falecido.*

A viúva vivia eternamente insatisfeita com tudo que é lavadeira e passadeira que arranjava. Tampouco gostava de roupa lavada à máquina.

Quando a dona Gracinha soube que o posto no momento estava vago, pensou logo em se candidatar. Mas antes quis saber:

— Tem bom estudo por aqui? Minha filha mais velha vai ser professora e a mais moça, bailarina.

Tinha estudo sim.

— E a viúva? tem filho homem?
— Só mulher.

A dona Gracinha então se candidatou ao posto de lavadeira-passadeira do casarão. Passou no teste a que foi submetida pela viúva do falecido e já na semana seguinte — sob protestos gerais, sobretudo da Inesinha e da Maristela, que tinham acabado de conhecer e se deslumbrar com as praias da zona sul (motivo de nova ansiedade pra dona Gracinha...) — se mudavam pra um quarto, nos fundos da propriedade.

E lá naqueles longes do mar, de volta a um lugar mais pacato, a dona Gracinha respirou aliviada, achando que as filhas estavam de novo no bom caminho pra *vida arrumada.* Chegou até a sonhar uma noite que o marido tinha voltado e agora a família ia ser feliz para sempre.

Confiante, ela desfiava os dias no triângulo tanque-varal-tábua de passar. E, nas "conversas" com Deus, não se cansava de agradecer todo dia a força que Ele dava pra ela tocar a vida pra frente. Conversas que só foram interrompidas no dia em que ela perguntou pra Maristela:

— É impressão minha ou tu tá prenha?

E aí, a tia Inês contou pra Sabrina a mudança que se operou na dona Gracinha quando levaram pra ela o bilhete rasgado e a pedra do rio:

— Nunca mais ela foi a mesma: não se perdoava; tava sempre se condenando. Daí pra frente a cabeça dela piorou.

— Ela não perdoava a minha mãe?

— Não, não! ela não perdoava ela mesma! Vivia batendo no peito, dizendo que a pedra era culpa dela, que ela devia ter dito logo: paciência! se quem fez isso contigo não quer saber da criança eu te ajudo a cuidar dela: onde comem três comem quatro e pronto! e se alguém achar que é vergonha, que fique com a vergonha, mas eu fico contigo e com a criança. — Amassou a ponta do cigarro no cinzeiro. Suspirou. — A vida é engraçada, não é? Olha aí: ficou sem a Maristela, mas acabou ficando contigo. — Deu de ombros. — Só que ela não sabe disso.

— Mas ela me chama de neta.

— Porque ela acha que o teu nome é Neta. Ela não sabe mais o que que é ter uma neta.

— Mas tia Inês...

A tia Inês interrompeu num bocejo:

— Que foi? Agora tá me dando sono. — Espichou o queixo pro relógio: Também... olha aí a hora.

— Mas... e eu? Por que que eu fui parar lá na Casa do Menor Abandonado?

— Tua mãe te deixou na porta daquela casa. Em vez de te amarrar no peito uma pedra, ela amarrou um bilhete dizendo: "Esta é a Sabrina. Sozinha no mundo. Cuidem dela pelo amor de Deus."

Sabrina ficou olhando pro chão. A tia Inês resolveu avançar mais um pouco na história:

— Só depois que a dona Gracinha se recuperou do choque e me contou o que que tinha acontecido é que a gente começou a pensar se a tal da Marlene era a moça que tinha entregado o bilhete rasgado, e aí a gente começou a procurar ela pra ver se ela sabia se a Maristela tinha levado você pra dentro do rio também. Mas ninguém tinha a menor ideia de quem era esse pessoal que chegou lá em casa com a pedra e o bilhete. — Deu de ombros. — A gente ficou sem saber e pronto: fazer o quê? Foi só há pouco tempo que eu descobri o fim que você tinha levado. E fui lá te buscar. Vamos dormir?

— Mas como é que 'cê acabou sabendo que eu tava lá na Casa do Menor?

A tia Inês demorou pra responder. Mas depois explicou:

— É que muito tempo depois eu acabei encontrando a tal da Marlene. E ela falou que a

Maristela tinha deixado você numa casa de órfãos. Comecei a procurar e um dia achei. Agora vamos dormir.

Sabrina voltou pra cama, mas ainda ficou um bom tempo de olho aberto no escuro. Queria saber mais de tudo! Mas, mais que tudo, queria saber mais da tia Inês.* Ficou lembrando pedacinho por pedacinho tudo que a tia Inês tinha contado. Era triste. Mas era também bom demais ficarem assim as duas, ela e a tia Inês, conversando de igual pra igual. E a Sabrina então dormiu feliz.

A tia Inês também custou pra dormir. Lembrando-e-lembrando de tudo que tinha contado. Mas lembrando, sobretudo, do que *não* tinha contado. De olho aberto, via passar na escuridão do quarto cena atrás de cena do passado, intercaladas sempre pela mesma imagem: o primeiro sapato de salto que ela comprou pra usar. Preto. De verniz. Salto bem alto.

---

* Mal podia imaginar que poucos dias depois ia saber de muita coisa — mas de maneira tão trágica, que era melhor não ter sabido.

Dia de aniversário e dia de Natal a viúva do falecido dava um dinheirinho pras filhas da dona Gracinha. A Inesinha foi juntando e um dia comprou o sapato de verniz. Entrou em casa feliz da vida, já de verniz no pé. Exibiu o sapato em passo de dança. A dona Gracinha se espantou:

— Que tanto salto é esse, menina?!

— Menina não, senhora! menina não usa sapato assim. — Foi dançar na frente do espelho, pra se admirar em cima do salto. — Agora sim, sou mulher!

— Pra que outro sapato, Inesinha?!

— O salto deste é diferente, dona Gracinha. — Sentou, cruzou uma perna na outra, balançou o pé: — Não é lindo? Acho sapato de salto a coisa mais linda que existe.

— Isso é hora de chegar em casa, Inesinha? Onde é que tu andou até agora? eu já tava na maior aflição!

— É que hoje não teve aula lá no curso.

— E daí?

— Uma colega me chamou pra gente ir passear em Copacabana.

— Copacabana?! Tu foi até Copacabana??

— Eu fui, ué: tava um dia lindo. A praia tava assim de gente, adorei!

— E o que que tu fez lá em Copacabana até agora?

— Bom, não foi até agora, né? a gente leva um tempão pra ir e voltar.

— Mas o que que tu fez por lá?

— A gente não tinha dinheiro pra fazer nada, ué... Então ficou vendo vitrine na Avenida Copacabana... Puxa, dona Gracinha! tanto sapato bacana pra comprar. Mas sem grana, né? fazer o quê. Depois a gente foi pra praia ver o mar. Tava lindo demais, sabia? Me deu uma vontade de ficar por lá!...

A dona Gracinha se alarmou:

— Ficar no mar??

— Morar pertinho dele. Já pensou que maravilha?

— E de que jeito a gente vai poder morar lá?

— Não digo a senhora, mas eu...

— De que jeito? se a minha família agora é só tu?

— Mas aqui é tão chato-chatíssimo! E lá é tão bom! Eu podia arrumar um emprego pra começar a dançar e...

A dona Gracinha entrou em pânico:

— Tu ainda é menor, Inesinha!

— Mas daqui a pouco eu não vou mais ser e aí...

— E aí é acabar de uma vez com a família se tu vai t'embora! Não me fala mais nisso!

— Inesinha! me conta a verdade: o que que tá acontecendo? Pelo amor de Deus, me conta a verdade: quando tu chega em casa a essa hora, o que que tu fica fazendo na rua?

— Fico lá em Copacabana.

Era verdade.

— Fazendo o quê?

— Olhando pro mar.

Era metade da verdade.

— Que nem o teu pai? é isso? o mar tá te fazendo perder a cabeça?

— Tá.

Era um quarto da verdade.

— Mas tu não tá malucando de ir também pra junto dele, tá?

— Não.

Era mentira: era só ele chamar que ela ia.

Mas ele ainda não tinha chamado: estava esperando na calma ela perder a cabeça de vez.

Ele era dez anos mais velho que a tia Inês. Sempre caprichando no sapato e na roupa; no olhar e no sorriso (na risada ainda mais), o exercício da sedução já sedimentado; no andar meio jingado só não detectava a vigarice quem não tinha experiência da vida – feito a tia Inês.

— Não tô te reconhecendo, Inesinha! Cada vez o salto é mais alto, e a cara é mais pintada, e a blusa, mais decotada! isso tudo não pode ser pro mar!! Com quem que tu tá te metendo? Por onde tu tá te enfiando? E tu só faz é rir quando eu falo...

Mas dizer o quê? se ela já estava enredada numa vida que tinha que ser mantida em segredo?

— Dona Gracinha, vê se entende, vê se entende! tô indo m'embora pra Copacabana e vou pra morar! Tenho que acompanhar o homem que é a paixão da minha vida, vê se entende! Larga essa mala! Prometo que eu venho te visitar. O táxi tá m'esperando, larga essa mala! Larga o meu braço! não sou mais criança, vê se entende, 'cê agora tem que se virar sozinha, mas eu prometo que venho te visitar, eu prometo, eu prometo!

No escuro do quarto, lembrando da cena, a tia Inês escutava a buzina impaciente do táxi; se via agarrada e puxada pela dona Gracinha; se via se livrando dela com um empurrão, arrebatando a mala, correndo pro táxi, batendo a porta, virando a cabeça, vendo a dona Gracinha caída no chão, desviando o olhar e vendo o casarão passar... a rua passar... a estrada apontar...

A lembrança da tia Inês deu marcha a ré: se fixou de novo no primeiro sapato de salto; depois foi percorrendo outros sapatos... sandálias... chinelos... até se deter numa sandália vermelha de salto estilete que tinha uma flor aplicada na altura do peito do pé. Ah!... ela tava usando a sandália naquele dia... quando foi visitar a dona Gracinha... e no portão de ferro o segurança disse que já fazia muito tempo que a dona Gracinha não morava mais no casarão...

A tia Inês então pediu pra falar com a viúva do falecido: queria notícias da mãe. O segurança sumiu.

Demorou à beça pra voltar. Não abriu o portão; mandou a tia Inês esperar. (Quanto tempo ela tinha ficado esperando na calçada, andando pra cá e pra lá?) Afinal, a viúva apareceu. Olhou pra tia Inês com frieza. Estendeu uns papéis através das grades do portão. Falou aos arrancos:

— Aqui estão os papéis de internamento do asilo onde está a sua mãe. É um asilo público, pra pobres que sofrem de doenças mentais. O que eu podia fazer por ela eu fiz. No dia que você foi embora e deixou ela ali, desacordada no chão — fez um gesto de cabeça pra trás —, com um corte na cabeça que teve na queda, se eu não tivesse ajudado ela tinha morrido lá mesmo: o que teria sido melhor pra coitada. — Apontou os papéis. — A responsabilidade disso tudo não é minha, é da família, é sua. — Fez um novo gesto pros papéis. — Esta carta, uma portadora veio entregar tempos atrás. Não adiantava mandar pra sua mãe: depois da queda ela ficou de miolo mole. Passe bem. — Deu as costas.

A tia Inês ficou olhando a viúva sumir no casarão. Voltou pra rodoviária e esperou um ônibus pro centro do Rio. Enquanto esperava, examinou os papéis: o asilo era em Santa Cruz. Abriu a carta que a tal portadora tinha levado. O olho bateu logo na assinatura: Marlene.

Na carta, cheia de cês-cedilhas inventados, de *esses* tomando o lugar dos *cês*, e vice-versa, e mais a ausência absoluta de qualquer acento ou pontuação, a Marlene contava, em primeiro lugar, que ela era a tal que tinha levado pra dona Gracinha o bilhete que a Maristela jogou no lixo; depois acrescentava que sabia pra quem a Maristela tinha entregue a filha; sabia até o nome que a Maristela tinha escolhido pra criança, mas não podia revelar nada: tinha prometido pra Maristela que não ia contar pra ninguém. Em seguida noticiava um sufoco financeiro em que andava metida e se lastimava em cinco linhas. Mas depois se alegrava: tinha descoberto que a dona Gracinha continuava morando no tal mesmo casarão com a tal mesma patroa viúva de um falecido e, aí, informava que tinha uma amiga que era um amor: telefone em casa e uma boa vontade que só vendo pra receber e dar recado. Dava o número do telefone da amiga e pedia pra dona Gracinha, quando telefonasse, não se esquecer de dizer que era urgente. Muito coerentemente, deixava pras últimas linhas o arremate de toda essa variedade de notícias: se a dona Gracinha ou a patroa descolassem uma grana pra ela sair do sufoco, ela contava onde estava a criança, e ela tinha certeza que a Maristela ia perdoar ela porque *no céu a gente perdoa tudo.*

Concluía a carta pedindo a Deus pra proteger *a senhora e a sua família.*

A tia Inês entrou no ônibus, sentou junto da janela e durante a viagem inteira ficou ouvindo ecoar na cabeça as últimas palavras da Marlene:

...a senhora e a sua família...

...a senhora e a sua família...

...a sua família...

O sítio de flor. Os quatro juntos. Mas depois só as três. E o pai? por onde andava? vivo? morto? na terra? no mar? Quem sabe afundado nágua, assim feito a Maristela. E a família virada só em duas. Não: três outra vez: a Maristela tinha partido, mas a criança tinha ficado. Onde? Só pagando pra saber. Mas... adiantava saber? Adiantava ir no asilo ver a dona Gracinha? Fazer o que com ela? Ajudar de que jeito? Cadê a grana pra pagar? pra ajudar? A grana, a grana, sempre a grana! Era só ganhar, que já sumia. E se, depressinha, não ganhava outra vez... E a tia Inês fechou o olho com força, não querendo nem ver se, depressinha, etc. e tal...

Mas... quem sabe? Quem sabe um dia... É: quem sabe um dia ela se livrava da teia em que estava

presa e telefonava (urgente) pra Marlene, e pagava
o preço da informação, e buscava a criança, e
buscava a dona Gracinha no asilo, e tratava dela,
e nunca mais brigava com ela, tão boa que ela era!
e a sobrinha virava uma filha e... pronto! olha aí uma
família arrumada de novo... quem sabe? É: um dia
desses... e a Maristela, tadinha! ia ficar tão contente
de ver lá de cima as três juntas...

Mas ainda iam rolar vários anos até a tia Inês
— um dia — localizar a tal da Marlene e, depois,
a Casa do Menor Abandonado, e lá descobrir que a
Sabrina tinha sido recentemente recrutada pra
trabalhar de babá na rua tal, número tal, subúrbio do
Rio. Foi só então que a tia Inês resgatou a dona
Gracinha do asilo e voltou pra cidadezinha da
infância, decidida a começar vida nova. Se estabeleceu
na casa amarela (justo na rua que fazia esquina com
o grupo escolar onde estudou na infância). Uma vez
instaladas, ela e a mãe, a tia Inês foi reivindicar a
Sabrina junto à família Gonçalves, conseguindo,
afinal! reorganizar a família.

8.

O Assassino

Sabrina e a dona Gracinha estavam jantando. A porta da rua aberta deixava entrar uma brisa fresca.

O Assassino entrou, sentou e perguntou pela tia Inês. Feito coisa que eram íntimos.

Dona Gracinha ficou olhando sorridente e pensativa pra ele. Sabrina respondeu que a tia Inês tinha dado uma saidinha e não demorava.

— Eu espero — ele disse. E acendeu um cigarro.

E como a Sabrina não sabia que ele ia ser o assassino, resolveu perguntar:

— Você é quem, hein?

— Um amigo querido dela. — E foi fazendo a fumaça formar rodelinhas no ar.

Dona Gracinha olhava pro Assassino
cada vez mais pensativa, mas não dizia nada. Ele
tampouco. Sabrina começou a achar que era silêncio
demais:

— Quer comer?

— Obrigado.

Pausa.

— Obrigado-quer ou obrigado-não-quer?

— Já jantei.

— Ah, então tá. — Continuou comendo. Mas lá
pelas tantas sentiu uma coisa feito um pouco de
nervoso: levantou e ligou a televisão:

— Tá na hora da novela. — Olhou pra ele numa
nova tentativa. — Quer ver?

Ele se limitou a apontar uma rodela de
fumaça, indicando que a televisão dele era aquela.

Sabrina voltou pra mesa e pegou de novo
o garfo. Mas o tal pouco de nervoso foi fazendo
sumir dela a vontade de comer. Ora ela olhava pra
televisão, ora pro Assassino.

Dona Gracinha apoiou o cotovelo na mesa,
descansou o queixo na mão, inclinou a cabeça
pro lado e pegou um jeito de quem cansou de
pensar. O olho meio que fechou. Lá pelas tantas
ela cochilou.

Durante muito tempo só a tevê falou.

Mas acabou chegando a hora da tia Inês entrar. Quando deu de cara com o Assassino, parou num susto. Ficaram se encarando. O olho da Sabrina se esqueceu da tevê e ficou nos dois.

Dona Gracinha cochilando.

A tia Inês gaguejou:

— Mas... você não morreu?

— Tô aqui, não tô? Ou tá me achando com cara de fantasma?

— Mas todo mundo falou!

— O quê?

— Que 'cê tinha morrido na briga.

— E você achou tão bom que logo acreditou, né?

— Nunca mais ninguém te viu!

Ele encolheu o ombro:

— Quando atiraram fingi que tinham me acertado e caí "morto" no chão. Dei sorte: acertaram o Zico pra valer e ele espichou justo em cima de mim. Em seguida chegou a sirene da Polícia e todo mundo se mandou. Mal tive tempo de empurrar o infeliz do Zico pro lado e me mandar também. Só que pra outro lado. E naquela noite mesmo peguei o rumo do Paraguai. Estive por lá até a semana passada. Sabe que eu gostei?

— Então por que que não ficou por lá?

— Dei pra sentir a tua falta.

— Sei...

— Então vim te buscar.

— Ah, é?

— Mas a gente não vai pro Rio, não; vai pra São Paulo.

— Ah, é?

— Lá a gente vai faturar mais alto. Levei uma muamba do Paraguai pra São Paulo e fiquei conhecendo um pessoal que tá por dentro de muita coisa, sabia? Mas senta, pô!

A tia Inês se limitou a cruzar um braço no outro.

— Agora eu já sei que zona 'cê vai trabalhar pra descolar muito mais grana do que descolava no Rio. — Acendeu um cigarro no outro, amassou a guimba no prato mais próximo e expeliu devagar a fumaça tragada, estudando a tia Inês de alto a baixo: — Tá em boa forma, hein? — Ela continuou imóvel olhando pra ele. — Sabia que me deu a maior mão de obra pra te achar? Se não é topar um dia com a Lili lá em Copacabana e ela me dizer que 'cê tinha voltado pra cidade onde nasceu, eu nunca mais ia te encontrar. Ainda bem que 'cê não mudou de nome e essa cidade é pequena: quando comecei a perguntar por uma Inês assim e assado, não demorou pra me dizerem que 'cê morava nesta casa amarela. E é tão amarela que a gente não demora pra achar. — Meio que riu; debruçou na mesa: — Que que te deu pra vir morar nesse buraco? Mas senta logo, porra! troço mais chato conversar com uma pessoa assim de pé.

Dessa vez ela resolveu responder:

— É pra ver se você levanta de uma vez. A porta tá aberta. É só sair.

— Tá me mandando embora?

— Tô.

— E tá pensando que eu vou, é?

— Tô.

— Pois fica sabendo que eu só saio daqui com você.

— Vamos ver. — Deu as costas e se encaminhou pra porta.

O Assassino se levantou rápido, alcançou a porta primeiro e bateu ela com força. Dona Gracinha acordou:

— Psiu! — Fez um gesto pra televisão. — Assim eu não escuto a novela.

— Larga essa porta — a tia Inês ordenou.

— Tá querendo sair?

— Não sou eu que vou sair, é você. E já! Se não vai por bem vai por mal. Chamo a polícia, o delegado é meu amigo.

O Assassino se encostou na porta:

— Aaaah!... já tem até amigo delegado...
— É, eu dou aula pra ele.
— Dá o quê?
— Aula, agora sou professora, sabia? Dou aula de dança.

O Assassino armou uma expressão de incredulidade. Soltou uma bruta gargalhada. Dessa vez a dona Gracinha não gostou e fez um psiu mais forte. Sabrina foi se encolhendo e deslizando pro cantinho do sofá, feito coisa que não queria mais ser notada. Mas o olho não largava o Assassino.

— Qual é a graça? — a tia Inês perguntou. — Tá esquecendo que me conheceu dançando?
— Mas tava pronta pra mudar de profissão: foi só eu fazer assim com o dedo e mudou...

A tia Inês ficou olhando pra ele; no rosto uma expressão doída.

— Você nunca sacou nem quis sacar o quanto eu gostei de você, né?
— Precisava ser muito burro pra não sacar; mais burro ainda pra não ver logo na primeira trepada que se você era boa de dança ainda melhor era de cama. — Olhou pro quarto da tia Inês e fez um gesto de cabeça. — Por falar nisso: foi só entrar pra ir vendo o tamanho da cama e do espelho. Porta do quarto aberta, porta da rua aberta, freguês

delegado... — Deu um muxoxo debochado: — Sim senhora, tá bem equipada! Só não tô sacando direito que tipo de aula a coroa e a menina aí dão. — Espichou o queixo pra dona Gracinha e pra Sabrina.

No rosto da tia Inês a expressão doída não se alterou:

— A coroa é minha mãe. Fui buscar ela no asilo onde ela tava naqueles anos que eu fiquei contigo, quer dizer, que eu trabalhei pra ti. A menina é minha sobrinha. Fui buscar ela pra ser minha filha adotiva. — Se aproxima mais do Assassino pra olhar ele bem na cara. — E pra você sacar melhor ainda: antes de você morrer, quer dizer, antes de você sumir e dizerem que 'cê tinha morrido, eu rezei demais pra São Jorge me dar garra. Cansei de dizer pra ele que eu precisava de garra. Garra pra me livrar de você e da droga. E fiz promessa pra ele, sabia? Jurei que ele me dando garra eu ia buscar a minha mãe e a minha sobrinha pra ser o arrimo delas; eu ia ter uma família; ia ser uma outra Inês! Expliquei pra ele que esse xodó maluco que eu sentia por você me deixava sem força pra te dizer não-vou-não-faço-não-me-pico-não-quero; que não adiantava eu querer dar a volta por cima se ele não me ajudasse a ter garra pra te dizer não-vou-não-faço-não-cheiro-não-quero! — Com a cara quase colada na dele: — Não quero mais

você! — Recua. — Ele me ajudou: primeiro, dando
sumiço em você. Sabe qual foi a primeira coisa que
eu fiz quando disseram que você tinha morrido?
Olhei pro céu e disse: saquei, São Jorge, saquei: essa
morte já é o senhor me facilitando o caminho; agora
me dá garra pro resto. E ele deu, tá bem? Olha
pro meu nariz, pro meu braço, pra mim toda!
Nunca mais cheirei, nunca mais me piquei, nunca
mais merda nenhuma daquela droga toda. Não tá
acreditando, é? Dei! dei a volta por cima, sim! e quis
começar do zero, longe daquilo tudo, bem longe.
Quando eu fui buscar a minha mãe, resolvi que vinha
pra essa cidade e pensei: taí, tem tudo a ver eu
voltar pro lugar que era meu; aqui, eu não arriscava
de encontrar mais ninguém daquele teu mundo; do
mundo em que você me meteu; aqui, ia ser mais fácil
d'eu pagar a promessa que eu fiz. E vim. E vou indo
muito bem, obrigada.

— Dando aula de dança?

— Dando aula e fazendo tudo mais que é
preciso pra dar uma vida legal pra minha família.

O Assassino não largava o ar de deboche:

— Olha que o São Jorge não vai gostar desse
tudo mais...

— Eu nunca prometi a ele que só ia fazer isso
ou aquilo. O que eu prometi em troca da garra eu

cumpri: me livrei de você, da droga e tô cuidando da minha família.

— Só tá esquecendo uma coisa.

— Não sei o quê.

— Mas eu sei: 'cê pode ter se livrado da droga, mas não de mim: eu não morri, tô aqui: São Jorge não teve cacife pr'acabar comigo. — Ri.

— Você não tá entendendo: eu não pedi pra ele acabar contigo. Eu pedi pra ele me dar garra pra *eu* acabar contigo. Aqui, aqui, aqui: acabar contigo dentro de mim. E acabei, viu? — Dá as costas pra ele, mas ele pega ela pela cintura e puxa ela de volta:

— Você *pensa* que acabou. Mas é só eu te levar pr'aquela cama que 'cê vai deixar de pensar. — E empurra ela pro quarto.

Mas a tia Inês empaca; se firma no chão:

— Tira a mão de mim.

O Assassino abraça ela com força.

— Você tem é saudade minha, confessa.

A tia Inês afasta o rosto do dele e grita:

— Só tenho nojo. Nojo!

Dona Gracinha se vira e, pela primeira vez, parece não só estranhar, mas se afligir com a cena:

— Neta! — ela chama.

Sabrina se levanta e, sem tirar o olho do Assassino, vai se chegando pra dona Gracinha. O ar debochado agora sumiu da cara do Assassino. Ele ordena:

— Repete.

— Nojo! Nojo! Nojo é só o que eu sinto quando você me toca.

Dona Gracinha começa a laralalar a melodia de estender roupa, sem se lembrar mais da novela que vai rolando: riso, falatório, discussão, beijo pra cá e pra lá. A tia Inês se desvencilha do Assassino:

— É um nojo tão grande que, se agora você me ameaçasse com aquela arma que você escondia no bolso aí de dentro...

— Ainda escondo, minha puta, ainda escondo...

— ...e me dissesse, eu te mato se você não faz o que eu quero, feito você sempre me disse...

— ...e vou sempre te dizer...

— ...eu dizia, então vai! mata! vai!

Sabrina não se conteve mais:

— Não diz isso, tia Inês, não diz isso!

Dona Gracinha se levantou:

— Neta! Vai lá no tanque e pega a pedra que eu deixei de molho.

— Não, minha puta, eu te quero viva e bem viva, feito sempre eu te quis; o que que eu vou lucrar de te matar? — E agarra outra vez a tia Inês, querendo arrastar ela pro quarto.

Numa agitação cada vez maior, a dona Gracinha gritou:

— A pedra, Neta!

Atarantada, Sabrina sumiu na cozinha e na mesma hora voltou de braço estendido *carregando a pedra* e entregando ela pra dona Gracinha. A tia Inês foi possuída pela raiva: bracejava, esperneava, dava pontapé no Assassino. Ele começou a retribuir os golpes. E agora os dois se engalfinham pra valer numa luta física. A raiva da tia Inês sai pelo corpo todo; sai pelas palavras também:

— Você me jogou no mais baixo que uma mulher chega! Só porque eu me apaixonei por você...

— Me ajuda aqui com essa pedra, Neta!

— Durante sete anos você tirou de mim tudo que uma puta apaixonada pode dar, já tirou que chega!

— Vem, Neta! vamos sentar essa pedra na cabeça dele!

— Já tirou que chega! Some da minha frente jáááááá! antes que eu perca a cabeça e acabe contigo aqui mesmo. — Segurou o pescoço dele querendo enterrar as unhas lá dentro.

Com um safanão violento ele derrubou a tia Inês no chão.

— Tá pensando o quê? Que mulher é páreo, é? — Preparou o pontapé, mas a Sabrina se interpôs:

— Não faz assim com ela! Não faz assim com ela!

Novo safanão do Assassino e a Sabrina foi parar no outro lado da sala.

Dona Gracinha, de cara entortada pela força que quis imprimir ao golpe, sentou a pedra na cabeça do Assassino. E por um instante ficou parada, meio perplexa de não ver nenhuma reação ao tremendo golpe aplicado. Mas logo se refez: pegou a pedra pra novo ataque, ao mesmo tempo que a Sabrina, só pensando em poupar a tia Inês dos pontapés, se enfiou de novo na briga...

— Para com isso, para, para!

...e assim, feito um escudo, recebia os golpes destinados à tia Inês.

Dona Gracinha respirou fundo e foi levantando outra vez a pedra.

Na trégua que o escudo deu, a tia Inês se levantou do chão, afastou Sabrina com o braço e enfiou a mão no bolso de dentro do paletó do Assassino, onde tantas e tantas vezes ela tinha visto a pistola que morava ali. Dirigiu a arma pra ele, ao mesmo tempo que a dona Gracinha baixava a pedra outra vez. Num gesto rápido, o Assassino agarrou a mão que segurava a arma, desviou ela pra tia Inês e, de dedo comandando o gatilho, disparou uma, duas, três vezes.

Durante um momento os quatro ficaram imóveis. Olho dilatado.

Depois, foi tudo escorregando na tia Inês: o dedo pra fora do gatilho, a pálpebra pra cima do olho, o corpo pro chão. Foi o corpo cair que o Assassino correu pra porta. Sumiu lá fora.

Agora, as três estão ali paradas. Uma, pra sempre. As outras duas, que tinham recuado com os disparos, parecem estátuas; só o olho acompanha o sangue que vai escorregando, escorregando do peito da tia Inês pro chão.

A tevê continua falando. A novela acabou, e o noticiário que se seguiu está avisando que a devastação da Amazônia continua aumentando, o aquecimento do planeta se alastrando, a obesidade se multiplicando, a fome matando.

Um estremecimento quebra a paralisia da Sabrina. Devagar, ela chega junto da tia Inês e se ajoelha. A mão toca a testa, a boca, o pescoço, o braço, a mão da tia Inês.

Dona Gracinha continua sem ânimo de se mexer. Mas pede:

— Ajuda, Neta, ajuda: o que que tá acontecendo aí?

Sabrina não responde; está apertando com força a mão da tia Inês e pedindo em pensamento, não fica assim, tia Inês, me ajuda, não fica assim, não morre, pelo amor de deus, não morre, não.

— Neta! — E mais alto: — Neta, o que que tá acontecendo aí? A Inesinha ficou dodói, né? Então vamos chamar o doutor.

Sabrina parece não ouvir. Está só sentindo na dela a mão da tia Inês esfriando.

Dona Gracinha meio que grita:

— Neta! Ajuda, Neta! Vai buscar um doutor pra Inesinha!

Não adianta nem querer dizer qualquer coisa: a garganta está trancada e a Sabrina só consegue pedir rezado: me ajuda, tia Inês, me ajuda, não deixa a tua mão esfriar mais.

E, agora, num grito aberto:

— Eu quero um doutor pra Inesinha!

Sabrina engole em seco, faz que sim com a cabeça e se levanta pra buscar um médico. Mas se movimenta em câmara lenta...

— Anda! Corre! Corre!

...feito coisa que está sem forças; o instinto confirmando o recado que a mão tinha dado: a tia Inês está morta; a tia Inês perdida pra sempre; a tia Inês pra nunca mais.

9.

Betina

O telefone tocou outra vez. A Paloma se levantou com esforço e foi atender.
— Paloma?
— E aí, Léo?
— Eu é que pergunto: e aí? Telefonei pro hospital, mas disseram que você já estava em casa; fiquei telefonando pr'aí mas ninguém atendia; comecei a ficar preocupado.
— É que... eu tô sozinha. Tomei uns comprimidos pra dormir e caí num sono de pedra. Tive mesmo a impressão de que o telefone tava tocando, mas parecia que eu estava sonhando. Não tô habituada com esses remédios, parece até que eu estou bêbada.
— Você disse que tá sozinha?
— É.

— A Betina ficou no hospital?

Pausa.

— Paloma?

— Hmm?

— A Betina? Como é que foi? Correu tudo bem?

— Por que que você não veio, Léo? Por que que você não veio?!

— Mas eu te expliquei, Paloma! Tô sem poder me afastar: esse congresso que tá rolando é vital pra nossa firma, e, além do mais, sou mediador em todas as reuniões, tenho que passar o dia inteiro aqui. Mas você ficou de me avisar quando ia ser o parto.

— É.

— Não me avisou por quê?

— Não deu tempo.

— Conta, conta! Correu tudo feito você queria? Por que que você não me telefonou depois do parto?

— Pra quê?

Pausa.

Se o Leonardo teve dúvidas quando o telefone não respondeu, agora o *pra quê* da Paloma trouxe a certeza de uma tristeza.

— O que que aconteceu, Paloma?... Paloma?

Silêncio.

— Eu não tô com pressa, viu, Paloma. Eu espero. Não tem pressa nenhuma.

E durante muito tempo ele ficou lá em São Paulo, aguardando. Ouvindo, às vezes, a respiração dela. Sabendo, ah! então ele não conhecia a irmã que tinha? sabendo que ela estava procurando, sem achar, a força pra falar sem chorar.

— Léo?

— Tô aqui.

— Ele disse que eu cometi um crime.

— O médico?

— O Rodolfo. Ele... — Ficou outra vez em silêncio. E depois: — Ele disse que foi a minha teimosia de mula que matou a filha dele. Que eu sou a culpada. Que eu cometi um crime.

Outra vez um silêncio comprido entre os dois. Quando a Paloma voltou a falar, a voz estava quebrada. Falou com dificuldade:

— Desde o princípio ele e o doutor Rui queriam que eu marcasse uma cesárea... Mas eu queria demais um parto normal!... Durante os meses todos que a Betina viveu dentro de mim, eu cansei de conversar isso com ela... Porque eu conversava com ela, sabe, Léo... Muito... E de tanto prestar atenção em tudo que é movimento que ela fazia dentro de mim, ultimamente eu fiquei achando que ela tava me escutando, que ela tava me entendendo, que ela tava me respondendo; e eu disse pra ela, eu me lembro que mais de uma vez eu disse pra ela: Betina, eles tão querendo marcar dia e hora pra me botar nocaute, abrir minha barriga e tirar você pra fora. Mas há tanto tempo eu tô te esperando, e você vai chegar assim, sem eu te sentir chegando, te ver chegando, te cheirar chegando? vivendo juntas, companheiras, a dor e o alívio dessa chegada?... No fim, quando eu conversava assim com ela, ela parava de se mexer pra cá e pra lá, de dar pontapé na minha barriga, parecia que só de pensar que eu ia estar presente e não dopada na hora dela chegar deixava ela assim confiante. Confiante feito eu estava agora, no fim. Aqueles maus pressentimentos que eu tive, e te contei da última vez, tinham ido embora; eu estava tão confiante e tão contente de ter a Betina do jeito que eu achava que devia ter, que, mesmo quando as dores começaram, antes do dia esperado, eu não mudei de ideia; mesmo quando, lá no hospital, eu já não tava aguentando mais tanta dor, eu não mudei de ideia. Precisou me dizerem que não era questão de suportar dor ou não, era questão da Betina viver ou não pra eu pedir a anestesia e a operação. E aí... aí eu não vi nem senti mais nada... Mas dentro de mim tudo se complicou... Eu nunca fui bem formada pra isso, não é?... Já com o Andrea Doria foi aquela luta... — A voz foi ficando por um fio. — Quando me abriram, já foi preciso tentar respiração artificial na Betina.

Silêncio.

Leonardo achou que a voz da Paloma tinha se apagado de vez. Mas, de repente, a voz pegou um novo ímpeto e meio que gritou:

— O resto não foi minha culpa! foi destino; aconteceu um acidente nessa hora: explodiu um caldeirão de gás perto de onde a gente estava. O Andrea Doria tava na sala de espera junto com o Rodolfo e disse que a explosão foi tremenda, caiu pedaço de parede e tudo, deu um pânico geral, todo mundo saiu correndo, sem saber se era bomba, se o prédio ia cair, se não sei mais o quê. Quando o Dr. Rui voltou correndo a Betina já tinha morrido. Eu não vi nada, não ouvi nada, tava dopada, tão bom que tava eu dopada! sem ter que ficar vendo ela ali, mal nascida e já morta, sem ter que ouvir depois do Rodolfo que a culpa era minha, que a culpa era minha, que era só ter marcado dia e hora pra cesárea que agora ia estar todo mundo curtindo a Betina e, aaaaaaah!... — Era um gemido gritado, que foi gritando e gritando até se enfraquecer e virar silêncio.

Leonardo ficou sem dizer nada. Não estava mais esperando ouvir a voz da Paloma; estava só procurando qualquer coisa que, falada, quem sabe? ajudava.

Mas a voz da Paloma, dessa vez contida, chegou ainda outra vez:

— Léo?

— Sim, tô aqui.

— Ele disse que eu cometi um crime.

— Pelo amor de deus, Paloma, você agora não vai acreditar nisso, não é?

— Um crime, Léo, um crime. Tchau. — Desligou.

10.

Outra vez no banco do Largo da Sé

— 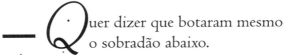Quer dizer que botaram mesmo o sobradão abaixo.
— É.
— Inacreditável!
— Não é?
Paloma e Leonardo ficaram olhando, na lembrança, o sobradão que morava onde agora é um vazio.
— Vão mesmo levantar um espigão aí?
— Vão.
— Pra que que uma cidadinha dessas quer espigão?
— Pra parecer cidadona.
Leonardo suspirou; balançou a cabeça devagar.
— Não houve protestos?

— Não.

— Acho que tá todo mundo tão concentrado em ganhar dinheiro e consumir, que não sobra mais energia pra protestar.

Paloma ficou olhando a ausência do sobradão. Isso mesmo, pensou: energia; parece que toda a minha energia foi s'embora junto com a Betina. Apertou um lábio no outro e mais uma vez se prometeu que não ia falar na Betina: as visitas do Leonardo eram tão escassas e curtas... Mas o que que ela ia fazer pra recuperar um pouco, nem que fosse um pouquinho só, da energia, do entusiasmo de viver que ela tinha antes? E agora pensou em voz alta:

— É... acho que pra gente protestar a gente precisa, antes de mais nada, achar que *pode* mudar o rumo das coisas. — E como é que ela ia agora poder mudar a vida dela? Sumir, sumir! A única vontade que ela tinha era de sumir! Nem que fosse por uns tempos. Ah! não ter mais que aguentar os silêncios rancorosos do Rodolfo, não ter que ver no olhar do Andrea Doria toda a perturbação em que ele andava mergulhado desde que começou aquela história com o Joel, não ter mais que resolver o que que vão-comer-ou-deixar-de-comer no almoço, no café, no jantar. A toda hora o dinheiro acabando: Rodolfo, o dinheiro acabou; outra vez?; outra vez, sim! a gente não tá sempre comendo, vestindo, calçando, pagando escola, luz, gás, telefone, ou será que até hoje você não reparou nas mágicas que eu faço pro dinheiro dar?! E ainda ter que fingir que não via o jeito irritado dele abrir a carteira pra tirar o dinheiro. Mas também quem mandou? Quem mandou esquecer de ser uma profissional que nem o Léo? ter uma carreira que nem ele? viajar feito ela sempre quis? não ter nunca que dizer, tô sem dinheiro pras compras da casa. Quem mandou esquecer isso tudo e botar toda a energia no grande sonho de criar uma família feliz, quem mandou?! Quem mandou teimar num parto normal até o último momento? quem mandou, quem mandou, ah! quem mandou?! Apertou os lábios ainda com mais força, querendo conter o grito que ela sabia inútil: SOCORRO! Respirou fundo. Não: já bastava o desabafo da última vez; justo aqui, neste mesmo banco, pensou.

— A gente sentou aqui mesmo da última vez, não é, Léo? Foi tão boa aquela tua última visita. É sempre tão bom quando você vem.

Durante um tempo o Leonardo ficou olhando pra Paloma sem dizer nada. Depois:

— As relações por aqui andam meio tensas, não é?

— *Meio?...*

— Quando o Rodolfo chegou pro almoço ele nem olhou pro Andrea Doria.

— Agora tá assim: mal se falam. Comigo também, você viu o jeito dele, não é? Foi só eu sair do hospital pra ele dizer que perdeu a filha dele porque eu sou teimosa feito uma mula. Já repetiu essa gentileza várias vezes.

— Mas ele pareceu muito interessado naquela menina.

— A Sabrina?

— Que garota simpática, não é?

— Muito.

— Achei uma delícia o jeito que ela olha pro Andrea Doria: encantada.

— E, de certa forma, o Andrea também se encantou por ela.

— Ah, é? Mas então...

— Não, não: não é por aí, não. Parece que a menina tem um talento extraordinário pra dançar, e você sabe que a coisa que mais fascina o Andrea Doria é ver alguém dançando do jeito que ele gostaria de dançar.

— Por falar nisso: ele começou com as tais aulas de dança?

Paloma olhou pra ele espantada.

— Mas eu não te contei?

— O quê?

Paloma desviou o olhar e retomou o ar ausente, agora sempre tão presente. E murmurou feito pra ela mesma:

— Tá vendo só? Eu tô tão prisioneira desse vazio... desse... questionamento todo em que eu ando, que eu não tô nem aí pras tragédias que acontecem lá fora... lá fora de mim...

Leonardo ficou, pacientemente, esperando a volta da Paloma pra ele. Ela acabou voltando:

— A tal da Inês, lembra? que dava aulas? Foi assassinada. Parece até que... no mesmo dia em que a Betina... — a voz se quebrou — ...também...

— Assassinada?? Aqui?

— O assassino não é daqui, não. Parece que ele só veio pra isso mesmo; sumiu logo depois dos tiros; ninguém sabe quem é, de onde veio, pra onde foi.

— Caramba!

— Essa menina, a Sabrina, chegou aqui na cidade não faz muito tempo, não. Sobrinha da Inês. Veio pra tomar conta da avó, que, dizem, é inteiramente trololó. — Bate o indicador na cabeça.

— Mas a Sabrina também... dá aulas?

— Não, acho que a Inês estava ensinando ela a dançar, e quando o Andrea Doria viu ficou encantado; disse que ela foi feita pra dançar.

— E agora ela mora lá sozinha?

— Com a avó.

— E ela costuma vir aqui?

— Não, hoje foi a primeira vez. Eu até estranhei quando o Andrea Doria chegou com ela; me apresentou como uma colega de dança e perguntou se ela podia ficar pra almoçar. Se fosse *um* colega eu logo diria que não, porque era capaz do Rodolfo armar uma cena na frente do menino. Mas sendo *uma* colega eu achei que era até capaz do Rodolfo gostar.

— Me pareceu que ela tava de fome atrasada.

— É verdade, limpou dois pratos cheios.

— Mas ela não tem mais família?

— Parece que só essa avó.

Leonardo ficou um tempo pensativo.

— Você já conversou com ela?

— Com a Sabrina?

— Hmm hmm.

— Aquela conversinha do almoço, você viu. E assim mesmo, no princípio, ela falou bem pouco, só se ocupou com a comida.

— Hmm... Quem sabe uma hora dessas você conversa mais com ela?

— Pra quê?

— Pra ficar conhecendo ela melhor, ué.

— E pra quê?

Leonardo fez um gesto vago:

— É conversando que uma amizade começa. Não ia ser bom você ser amiga de uma amiga do Andrea Doria?

— Mas ela não é amiga dele, ela é apenas...

— Não é, mas pode vir a ser.

Se olharam. Paloma meio que encolheu o ombro:

— Bom... de qualquer maneira eu preciso saber, primeiro, por que que o Andrea Doria resolveu trazer ela hoje pro almoço. Justo hoje que você veio almoçar aqui em casa.

Por quê?

Porque era sábado, não tinha aula. E na sexta-feira de tardinha, sem ter marcado encontro nem nada, o Joel e o Andrea Doria se cruzaram no Largo da Sé. Pararam pra bater papo. Mas não demorou muito pro papo virar discussão, pra discussão esquentar e pro Joel dar as costas dizendo que não sabia se ia perdoar o que o Andrea Doria tinha dito pra ele. E quando o Andrea Doria, já arrependido do que tinha dito, correu atrás dele, o Joel se limitou a dizer que não queria ouvir mais nada, e que, se *por acaso* resolvesse perdoar o Andrea Doria, na manhã seguinte estaria lá na beira do rio pra pescaria que no começo da semana os dois tinham combinado.

Andrea Doria ficou perturbado demais. De noite, acordava a toda hora pra olhar o relógio.

O encontro tinha sido marcado pras nove horas, na beira do rio, depois da curva, de onde não se avista mais a cidade; onde mataria e capinzal se aproximam das margens; e com tanta largueza de terra abandonada e de tanta moita de capim assim alto, esconderijos ideais se formam pra casais que não têm medo de deitar no mato.

Às seis horas o Andrea Doria acordou de vez. Ficou se ocupando no quarto até ouvir o Rodolfo sair pro posto. Tomou café. Arrumou o material de pesca e deu tchau pra Paloma. Mas ela quis saber:

— Você vai pescar sozinho?
— Com o Joel.
— Olha lá, Andrea Doria.
— O quê?
— Você sabe.
— Sei, sim, mãe.

Ficaram se olhando.

— Toma cuidado.
— Pode deixar, mãe.
— O rio tem correnteza forte...
— Eu sei. — Beijou a Paloma e saiu.

E agora lá está ele sentado no barranco que margeia o rio, se ocupando em preparar isca, mas o olho fugindo a toda hora pra picada estreita onde o Joel vai aparecer; a imaginação fabricando cena atrás de cena do encontro que vai acontecer; o pensamento atarefado em tudo que é palavra que vai povoar as cenas, "puxa, Joel, quase nove e meia! já tava achando que você não ia me perdoar". Via o Joel olhando pra ele com aquele eterno sorriso zombeteiro que, se por um lado atraía ele tanto, por outro deixava ele sempre inseguro. "Deixa eu te explicar por que que eu disse aquilo, Joel. Não, você não sabe. Se soubesse não ia embora daquele jeito, dizendo que não ia me perdoar. Ah, tá, tá, você não disse que não ia, você disse que, se *por acaso* me perdoasse... Mas dá mais ou menos no mesmo, não dá, Joel? Só por um acaso você ia me perdoar. Mas senta, cara, senta." *Viu* o Joel sentando e logo depois chegando mais pra perto, e depois bem pra perto. *Viu* os dois se olhando fundo no olho. "Eu sabia que você ia me perdoar, eu sabia! Mas, Joel, quando eu te chamei de mentiroso eu não quis te ofender. Eu sei, eu sei, chamar alguém de mentiroso não é legal, mas já faz tempo que eu tô querendo te dizer isso mesmo, só que ontem acabou saindo de um jeito que eu não queria que saísse, me perdoa, mas que eu acho que você é mentiroso, eu acho." "Ih, não!" E apagou depressa as palavras. Ele tinha que se sair bem desse encontro de hoje senão o Joel acabava não perdoando ele. "Mas é mentira! é mentira! ele vem sempre com essa história de que me ama. Ele só me ama naquela hora! aí ele não para de me alisar e de me olhar... Mas é só ele gozar e pronto, volta lá pros livros dele. A única coisa que ele quer é ficar trancafiado, lendo um livro atrás do outro. Bom, mas eu também não precisava ter chamado ele de intelectual de merda. Mas ele não me chamou *outra vez* de ignorante? Não me disse *outra vez* que, em vez de querer dançar, eu tinha mais é que ser leitor pra deixar de viver nas brumas da ignorância que os não leitores vivem? *Brumas da ignorância!* Eu, hein? Quando ele chega perto de mim ele só tá interessado é naquilo mesmo." *Viu* o Joel se levantando e indicando com a cabeça o capinzal. "É melhor hoje eu ir. Já da vez passada eu não quis. Se hoje eu não vou outra vez ele é capaz de ficar de saco cheio de mim." *Viu* o Joel olhando zombeteiro pras iscas que preparava. "Ele sabe que eu gosto de pescar, mas nem pra me agradar ele pesca um bocadinho, vai logo me puxando lá pra moita de capim." Se *viu* sendo puxado pelo Joel, se *viu* ouvindo o Joel repetir, que bonito que você é, Andrea Doria! Foi reclinando o corpo pra trás, abriu a camisa, o sol bateu em cheio no peito e na cara, que bom que era o sol! Olhou o relógio: dez horas. Mas por que que ele não chegava? por que que ele não chegava! Se sentou de novo. Quem sabe ele não ia perdoar mesmo ter sido chamado de mentiroso, de inútil, de fresco. Mas então ele não era um inútil? sempre dizendo que não cursava faculdade porque não tinha nada pra aprender daquela cambada de professores ignorantes? dizendo que não trabalhava porque ainda não acabou de ler todos os livros da biblioteca?... Então, ele não era um fresco? Bom, mas... "Você não me ama coisa nenhuma! Se me amasse não me deixava aqui esperando esse tempo todo! não fazia eu sofrer feito você faz! A única coisa que você gosta em mim é que eu sou bonito, pensa que eu não sei? Você não tá nem aí pra tudo que tá acontecendo lá em casa com a minha mãe e com o meu pai. E o meu pai tá assim por tua causa, viu? por tua causa. Porque ele já sacou que eu penso em você dia e noite!" Começou a botar a isca no anzol e concluiu: "Azar! não quer perdoar, não perdoa; não preciso de você pra pescaria nenhuma, vou tratar de pescar peixe sozinho." Levantou o braço pra atirar o anzol e viu o Joel aparecendo na picada. O coração deu um pulo de alegria; o braço logo puxou o anzol de volta e o corpo foi se levantando. Mas o coração se aquietou, surpreso: ué, não era o Joel.

 O homem que tinha aparecido na curva parou, se virou, e a surpresa do Andrea Doria aumentou quando viu a Sabrina aparecendo também na curva. Instintivamente, se abaixou, recuou, se escondeu atrás de uma moita: não queria que ninguém visse ele ali esperando o Joel.

 O homem veio avançando. Volta e meia virava a cabeça pra se certificar que a Sabrina vinha atrás. À medida que se aproximavam, o Andrea Doria ia se encolhendo cada vez mais no esconderijo. Quando já estavam bem perto, o homem parou e ficou estudando o capinzal. O olho do Andrea Doria se prendeu na Sabrina: a cara muito séria; uma sainha muito curta. Mais uma vez o Andrea Doria se surpreendeu: achou que, de repente, a Sabrina tinha crescido.

O homem se decidiu pelas moitas onde o capim estava mais alto; fez um gesto de cabeça pra Sabrina e foi abrindo caminho com os braços pra enveredar por ali. E, no breve momento em que a Sabrina atravessou a picada estreita pra seguir o homem matagal adentro, o olho do Andrea Doria viu o pé dela calçado num sapato abotinado de salto bem alto, tal e qual o sapato que a Inês usava pra dançar. Pouco depois os dois sumiam no terreno onde as moitas se adensavam e o mato era mais alto.

Andrea Doria foi se desencolhendo. Sentou no chão. A partir do momento em que a Sabrina apareceu na picada, ele tinha concentrado a atenção nela, não voltou a olhar pra cara do homem. Mas agora, rememorando a cena desde o início, ele tentava se lembrar de novo da cara do homem, tomado por uma impressão vaga de que era uma cara conhecida.

Sempre de olho na picada (então o Joel não vinha mesmo?), voltou a pensar no que já tinha pensado muitas vezes: e agora? ia atrás do Joel? mesmo assim? sem ter sido perdoado? Mas, de repente, a imagem do homem que apareceu na frente da Sabrina empurrou pra longe a imagem do Joel, e o Andrea Doria exclamou pensado: o açougueiro!!

Se lembrou de uma vez em que tinha ido com a Paloma ao açougue e o açougueiro, de avental branco respingado de sangue, roubou no peso. A Paloma reclamou. Ele botou outra vez a carne na balança. Mandou ela olhar bem pro ponteiro. Ela disse que quanto mais olhava mais ela achava que a balança não regulava bem da cabeça. E o açougueiro disse que se a Paloma achava a balança dele viciada era melhor ela procurar carne noutro açougue, e a Paloma disse que era isso mesmo que ela ia fazer. Nunca mais ele tinha visto nem se lembrado do açougueiro, mas era ele! Mesmo sem sangue nenhum respingado nele, era ele.

Mas... o que que a Sabrina tava fazendo ali com o açougueiro? Se levantou num impulso pra ver. E se... Será?... Não, não pode ser... Mas... se for? Devagar, foi sentando outra vez no chão. Não podia ser! ela era uma criança, ela só tinha... Os encontros com a Sabrina na casa amarela se atropelaram na lembrança do Andrea Doria, e só agora ele se dava conta de que nunca tinha conversado com ela. Quando chegava pras aulas dizia, oi, tudo bem? e quando ia embora era só tchau e pronto, conversar mesmo nunca tinham conversado, que idade será que ela tinha?

Pensando bem, ele só tinha prestado atenção na Sabrina no dia em que a Inês chamou ela pra dançar com ele. É claro que ele tinha ficado encantado de ver como é que ela toda dançava junto com o pé: cara, braço, mão, dedo, cabelo, tudo, tudo que era dela dançava junto com o pé. Um encantamento misturado de espanto: como é que ela, tão criança, já podia dançar assim? Como é que ela, tão criança, vai poder... Ela e o açougueiro... será? Mas ele também não ia pra lá com o Joel? Puxa! uma coisa não tinha nada que ver com a outra, ele tava apaixonado pelo Joel, e a Sabrina era criança demais, não podia estar apaixonada por ninguém, muito menos por um cara que se respingava todo de sangue cortando carne pr'aqui e pra lá. E se lembrou que uma vez, isso quando ele era mais pequeno, ficou olhando pro bife malpassado no prato e depois perguntou por que que eles comiam cadáver; e quando o Rodolfo arregalou o olho pra ele, ele explicou que tinha ido no dicionário pra ver se o *caçula* da redação que ele tinha escrito era com cê-cedilha ou dois esses, mas o olho caiu em *cadáver* em vez de *caçula*, e o dicionário explicou que cadáver é a mesma coisa que defunto: "o corpo sem vida de homem ou de animal"; não ficava chato eles ali comendo um pedaço de cadáver? Paloma tinha achado graça, mas o Rodolfo se ofendeu, disse que animal é quem tinha feito o dicionário, e ele ficou olhando pro bife sem entender como é que um cara escrevia um dicionário todinho se ele era um animal.

    E agora o Andrea Doria não tira mais o olho do capim alto, amassado a braço, marcando o caminho que o açougueiro abriu pra passar. Ele sabe que mais adiante tem pequenos descampados só com uma relvinha no chão, será que é lá mesmo que eles tão deitados? E se ele fosse espiar? Só pra ficar sabendo se era mesmo ou não? Mas a noite maldormida, as horas de expectativa na ansiedade da chegada do Joel e mais a surpresa e as indagações que resultaram do aparecimento da Sabrina ali naqueles ermos foram aumentando de tal maneira a confusão de sentimentos em relação ao Joel — e a confusão de ideias em relação a Sabrina —, que o Andrea Doria começou a sentir uma espécie de paralisia: queria ir embora pra não ter mais que pensar que, quem sabe? o Joel ainda ia chegar e, quem sabe? o açougueiro era amigo da casa e estava levando a Sabrina pra passear e... Será?... A lassidão aumentava, e não adiantava o Andrea Doria querer ir embora: o corpo parecia preso no chão. Até que, lá pelas tantas, o ruído de passadas na mata e de braçadas afastando o capim sacudiu o Andrea Doria do torpor. Se sentou, se encolheu, espreitou. Logo apareceu o açougueiro. Se encaminhou pra picada;

parou e ajeitou o cabelo com a mão. Em seguida apareceu a Sabrina. O açougueiro se virou pra ela:

— Aqui tá o caminho por onde a gente veio. Eu vou indo na frente. Dá um tempo pra voltar: é bom que ninguém veja a gente junto. Tchau. — Deu as costas.

— Ei, pera aí! — Quase num salto, a Sabrina se pôs na frente dele. — E o dinheirinho?

O açougueiro procurou no bolso; estendeu uma nota pra Sabrina.

— Não foi isso que a gente combinou — ela falou com firmeza.

O açougueiro teve uma ligeira hesitação; tirou do bolso outra nota e deu pra ela.

— Nem isso — ela disse, enfiando dentro da blusa as duas notas. — A gente combinou que era trinta, falta mais dez.

— Você não é nenhuma Inês, tá começando agora. Vinte tá muito bem pago. — Afastou a Sabrina com o braço do mesmo jeito que afastava o mato e seguiu em frente. — Dá um tempo pra voltar! — recomendou outra vez. Ela ficou um tempo parada; depois se virou pro rio.

Andrea Doria agora está vendo a Sabrina de perfil; vê ela chegar na beira do barranco e sentar; vê ela tirar o sapato de salto e guardar o dinheiro nele; vê ela assim, descalça, balançando as pernas, depois se inclinando pra tentar alcançar a água com a ponta do pé. Mas depois o movimento vai parando, parando, até a Sabrina ficar imóvel, só olhando a água passar, e mais nada. Nesse momento a imaginação do Andrea Doria mostra o corpo da Sabrina se inclinando mais, mais, vai cair! caiu! caiu na correnteza e sumiu! O quadro que a imaginação dele pinta é tão vivo que, num salto que ele nunca tinha experimentado dar, já está junto da Sabrina, puxando ela pelo cabelo. E agora é a Sabrina que grita de susto se sentindo, assim, repentinamente, puxada pra trás. Se olham no maior espanto. Ela, de ver ele ali. Ele, de não ver ela sumida na correnteza. E, de repente, os dois caem na gargalhada.

— Nossa, que susto! Você quase me arranca o cabelo.

— Achei que você ia cair no rio.

Tome risada! Depois:

— O que que 'cê tá fazendo aqui?

— Eu?

— É.

— Nada. E você?

— Eu?

— É.

— Nada... quer dizer, nada, não: eu vim pescar.
— Você pesca, é?
— Pesco.
— Olha só! E o que que 'cê pescou?
— Nada.

Riram. Sabrina olhou em volta.

— Mas como é que você pesca? Não tô vendo nada aqui pra pescar... Você pesca com nada?

Riram outra vez. Andrea Doria foi buscar o material de pesca que tinha levado pro esconderijo atrás da moita.

— Ué: era lá que 'cê tava pescando?
— Não, eu tava aqui, mas... — Olhou pro rio. Parecia que a água agora estava mais barrenta. Sabrina também ficou olhando pro rio. Sem vontade nenhuma mais de rir: será que o Andrea Doria tinha visto ela e o... E como ele não falava nada, ela acabou não segurando a vontade de saber:

— Você viu a gente?

Ele fez que sim.

Sabrina respirou mais forte.

— Lá? — e fez um gesto de cabeça pro matagal.
— Não, não! Eu só vi vocês chegando e entrando lá. E depois saindo.

Sabrina ficou olhando pra ele e depois perguntou:

— E você viu que ele quis ir embora sem nem me pagar?

Andrea Doria continuou olhando pro rio.

— É... eu vi ele indo embora e você vindo sentar aqui. E aí, sei lá! — meio que riu — de repente, não sei por que, eu achei que você tava indo pro rio.

— Que nem a minha mãe?

Ele se virou. E ficou tão impressionado com a expressão doída que viu na cara da Sabrina (ah! a mesma expressão que ele tinha visto na cara da Paloma batendo com o punho na cama e repetindo sem parar, por quê? por quê? por quê!), que mal teve coragem pra perguntar:

— Sua mãe? por quê?

— Ela quis acabar com a vida dela. Se jogou no rio. Amarrou uma pedra no peito. Pra afundar mais depressa.

Andrea Doria ficou tão chocado com a revelação que não conseguiu nem tirar o olho da Sabrina. Ela sustentou o olhar dele, e o semblante doído de ainda agorinha se transformou numa expressão de desafio:

— Ela também era puta. Assim que nem eu.

Ele engoliu em seco.

— Sabia que eu sou puta? — ela insistiu. Deu de ombros. — Se não sabia ficou sabendo, não é?

Andrea Doria tentou se recuperar do choque.

— Que que é isso, Sabrina, você não pode ser puta!... você ainda é muito criança.

— Eu sou, ué!

— Mas por que que você acha que é?

— Porque eu sou, já disse! Eu vim aqui pra deitar com ele. Porque ele disse que esse matagal aí é o melhor lugar pra ninguém ver; disse que se ele fosse lá em casa a vizinhança ia saber e ia logo sacar que não era com a vó Gracinha que ele ia dançar. Disse que me dava trinta reais. Mas no fim só deu vinte, o puto.

— Mas você... você vem sempre? Quer dizer, com qualquer um?

— Agora eu vou mesmo. Com qualquer um que pague. Agora eu sou puta.

— *Agora,* por quê? Foi a primeira vez?

Ela fez que sim.

— Quer dizer, eu... eu já conhecia homem. Lá na casa onde eu trabalhei de babá o dono da casa entrou no meu quarto uma noite e depois ficou indo até o dia em que a tia Inês apareceu pra me buscar.

— Mas ela foi te buscar... pra isso?

— Não, não! Ela foi me buscar pra gente ser uma família; ela ficou danada da vida com esse açougueiro um dia que ele foi lá dançar com ela e resolveu se engraçar comigo. Achei até que ela ia bater no cara. Avisou que em mim ninguém tocava, porque ela não ia deixar. Desde o dia que ela me viu dançando ela resolveu que eu ia dançar, e só. Era assim que ela dizia: vai dançar, e só! e mais nada!

— Tua tia tinha razão, Sabrina. Eu queria ter metade do talento que você tem pra dançar.

— Ela dizia que... que... — Já não havia mais desafio nem revolta no olhar da Sabrina. Na cara toda agora só tinha tristeza. Tanta! que o olho começou a despejar lágrima e a voz foi saindo cada vez mais fraquinha: — Ela dizia que ia me transformar na dançarina que a vó Gracinha queria que ela fosse e que ela nunca chegou a ser. Ela queria pra mim o que ela... o que ela... Ah, era tão bom todo dia lá com a tia Inês! eu gostava tanto dela, era tão bom! dançando... brincando com a vó Gracinha... tão bom que era... Na geladeira sempre tinha comida, era tão bom... — A voz trancou; a boca se apertou pra não deixar sair soluço nenhum.

Andrea Doria começou a ficar também com vontade de chorar (não sabia se por ela ou se por ele). Quis saber:

— Agora não tem mais?

Ela ficou sacudindo a cabeça até a voz confirmar:

— Não tem mais. Não tem mais. Não tem mais a tia Inês. — E um soluço escapou.

— Não, eu quis dizer se não tem mais comida.

E do mesmo jeito ela fez que não, que não.

Ficaram um tempo sem falar. Ela se curvou e enxugou a cara na beira da sainha. Fungou fundo. Depois contou:

— A tia Inês guardava dinheiro em sapato. Tá vendo esse aqui? — pegou o sapato.

— Era dela, não era?

Sabrina fez que sim.

— Hoje eu botei ele pra ficar mais alta. A tia Inês tinha um pezinho assim. Ela guardava dinheiro aqui, ó. — Levantou a palmilha. — Ela fazia assim com tudo que é sapato e sandália e chinelo que ela tinha. Ela tinha uma porção. Pra roupa ela não ligava muito. A mania dela era com o pé. Mal comprava o sapato, descolava logo a palmilha... depois colava a ponta de novo. Foi só quando eu vi ela dançando com uma sandália bonita mesmo, de salto desse tamanho, que eu tomei um susto danado e fiz psiu! pra ela e apontei o pé dela: tava saindo grana da sandália. Ela me olhou firme e fez assim: — Olhou firme pro Andrea Doria, levantou a mão e selou os lábios com o indicador. — Volteou o cara que tava dançando com ela pra ele ficar de costas, olhou pro pé, se abaixou, arrancou a grana da sandália, enfiou ela aqui no decote e desvirou o cara pra continuar dançando cara a cara. Depois que ele foi embora eu fui saber dela onde é que a gente comprava sandália com grana dentro e ela morreu de rir. E aí ela me contou que sapato era o cofre dela. Contou isso só um dia antes dela... — Tropeçou na fala. A fisionomia, que tinha ficado até risonha com a lembrança da sandália derramando grana, se endureceu outra vez; o olhar foi de novo pro rio. — Foi um dia antes daquele puto matar ela. — Respirou fundo: — Ah! se eu pego ele. Aaaah, se eu pego ele!

Andrea Doria ficou olhando pra Sabrina sem dizer nada.

— Já fez um mês — ela concluiu.
— Já?
— Já. Eu sei porque eu conto. Eu conto cada dia que não tem mais ela. Eu conto também cada palmilha que eu descolo. — Meio que encolheu o ombro.
— Agora não precisa mais contar. — Pegou o sapato, enfiou uma nota de dez debaixo da palmilha e a outra escondeu no decote da blusa. Falou como se estivesse sozinha: — Tenho que ir lá no super: a vó Gracinha tá querendo leite, batata e pão. — Calçou o cofre.

Andrea Doria estava ficando mais e mais ansioso.

— Mas Sabrina...

— Hmm? — Pegou o outro pé do sapato; foi calçando.

— Nenhuma palmilha mais... tem grana?

Ela fez que não.

— E não tem grana em lugar nenhum?

— Já procurei na casa toda.

— Assim, uma poupança, um... sei lá, um banco...

— A poupança da tia Inês tava aqui. — Bateu no sapato. — Mas acabou rapidinho, a gente teve que pagar um montão de coisas na hora de enterrar ela. E no dia seguinte chegou a dona da casa dizendo que pra gente continuar morando lá tinha que pagar um mês adiantado; a vó Gracinha convidou ela pra estender roupa no varal, mas a mulher só falava comigo e ficou de mão estendida dizendo que se eu não pagava um mês adiantado ela botava a gente pra fora.

— Mas ela *não pode* fazer isso!

— Sei lá, fiquei com medo, fui no quarto da tia Inês e peguei esse sapato aqui. Quando é assim feito botinha cabe mais nota dentro. A tia Inês tinha tanta mania de sapato que eu achei que a grana ia durar muito tempo. — Outra vez uma encolhida de ombro. — Só que acabou.

— Mas então não vai dar pra você ficar morando assim... assim sozinha. Você ainda é muito pequena, Sabrina.

Sabrina se zangou; levantou num pulo.

— Pequena??

Meio assustado, o Andrea Doria se levantou também.

— Pequena? — ela repetiu. — Olha só se eu sou pequena! sou quase do teu tamanho.

— Bom, mas esse sapato...

— E quem é que disse que eu tô morando sozinha? Parece até que você não sabe que eu tenho família, que eu tenho uma avó. Eu tô morando com a minha vó, ela cuida de mim.

— Calma aí, Sabrina, calma aí, quem cuida dela é você.

A expressão de desafio tomou conta outra vez da cara da Sabrina:

— E daí? e daí? eu gosto de tomar conta dela! eu gosto de brincar com ela! e daí? Agora eu vou no super comprar leite, batata e pão, viu? Não fica aí pensando que ela vai passar fome porque ela não vai, não.

— Mas, Sabrina, quem sabe a gente encontra um jeito de internar ela e... — A fala morreu; outra vez a cara da Sabrina tinha se transformado: agora a expressão era de espanto doído.

— Você *também*, Andrea Doria?

— Também o quê?

— Essa conversa de internar. Não é só na minha rua que já vieram com essa conversa de que criança não pode ficar sozinha com uma velha maluca. É assim mesmo que eles falam, eu sei, já ouvi. Ouvi também lá no super. Ouvi na farmácia. E a vizinha do lado veio me dizer que tava procurando vaga num asilo pra vó Gracinha e num orfanato pra mim; e agora vem você e me fala disso também?? Será que a tia Inês não te contou que me internaram quando eu nasci e que eu só saí de lá há pouco tempo? Fiquei dez anos na Casa do Menor Abandonado. E agora 'cês tão querendo que eu volte, não é? Mas eu não volto, não! Prefiro fazer que nem a minha mãe fez. — Espichou o queixo pro rio. — E tem mais: levo a vó Gracinha comigo. — Levantou um dedo ameaçador: — E tem mais ainda: não quero mais ouvir falar da minha vó do jeito que falam. Ela é a minha família. E agora eu vou ter dinheiro pra comprar o que ela precisa. E tem mais! não baixo o preço. Trinta reais. Daí pra cima. E tem mais! pagamento adiantado. Feito a dona da casa. Pagou, deito; não pagou, não deito! Pra açougueiro mais nenhum não pagar o que combinou de pagar. Tchau! — Deu as costas e seguiu pela picada.

Andrea Doria se arrancou do chão. Arrebanhou o material de pesca e correu atrás da Sabrina. Pegou ela pelo braço:

— Onde é que 'cê vai?

— Já disse, comprar comida, tô com fome.

— Puxa! eu também tô morrendo de fome.

— Tá sem grana também?

— Não, não, é que eu acordei muito cedo e... por que que você não vai almoçar lá em casa?

O imprevisto do convite fez os dois pararem. Dessa vez o espanto da Sabrina pegou outro feitio: a cara se iluminou:

— Almoçar na *tua* casa? — Mas o sorriso que ia se formando esmoreceu. — Ah, mas a tua mãe não vai gostar. Nem teu pai. Ele almoça em casa? — Andrea Doria fez que sim. — Eles não vão gostar, Andrea, eles não vão gostar.

— Mas por que, ué?!

— Eu sou puta.

— Ah, Sabrina, para com isso.

— Mas eu sou, ué!

— Tá bom, tá bom: você é puta. Mas ninguém precisa saber, não é? — E, pela primeira vez, olhou pra ela com um jeito brincalhão.

O sorriso voltou a se formar no rosto da Sabrina:

— Então tá.
— Mesmo?
— Mesmo.
— Vamo lá.

De repente, a Paloma se levantou do banco: tinha começado a sentir o sintoma que vinha sentindo desde que saiu do hospital: um aperto na garganta; uma impressão que, pra desapertar, ela tinha que gritar, gritar, gritar.

— Que foi, Paloma?

— Nada, não, Léo. É que... é que eu me lembrei que eu tenho que ir ao supermercado ver umas coisas pro jantar.

Leonardo se levantou:

— Eu vou com você.

— Não, não, supermercado é chato, fica aqui curtindo o largo: você sempre gostou tanto dele. (Ela ia se controlar! ela ia se controlar! ela não podia passar pro Léo aquela angústia toda.)

— O assassinato do sobradão cortou o barato do largo. Que vazio!... Se, pelo menos, a gente ainda encontrasse um jeito de embargar a construção do espigão.

— Então? fica aí pensando; quem sabe você encontra um jeito?

— Tá querendo mesmo se livrar de mim, hein, minha irmã?

— Me livrar de você, imagina! Aí mesmo é que eu... (Atenção, atenção! não vai agora falar da depressão.) ...que bom que você vai poder ficar até amanhã. Vou dormir mais contente sabendo que você está no quarto ao lado. Que nem antigamente. — Finge uma cara contente. — Vou fazer um jantarzinho bem gostoso pra você.

— Pelo amor de deus, Paloma! não vai agora começar a pensar outra vez em comida, o almoço estava tão bom!

— Mas agora eu vou tratar é do jantar. Sem jantar é que o Rodolfo não fica. — Jogou um beijo pro Leonardo. Foi só dar as costas que seu semblante se nublou outra vez.

Leonardo apoiou os braços ao longo do encosto do banco; estendeu as pernas. Ficou olhando o tapume já erguido na frente de onde era o sobradão, imaginando o que que poderia ser construído ali pra restaurar a harmonia arquitetônica do largo, tão danificado por aquele medonho tapume azul e tão ameaçado pela chegada do espigão que ia desestruturar por completo o equilíbrio da Sé e das casas em volta. Ficou de tal maneira absorvido, que nem percebeu que os lampiões do largo tinham se acendido. Era noite. Foi despertado do devaneio pela voz do Andrea Doria:

— A mãe disse que tinha deixado você aqui no largo e eu vim ver se ainda te encontrava.

— Ela já tá querendo servir o jantar, é?

— Não, não, ainda vai demorar: resolveu fazer um minestrone e uma torta de maçã pra sobremesa.

— Xiiii!...

Andrea Doria sentou no banco; se inclinou pra frente. Leonardo endireitou as costas e ficou olhando o sobrinho. Durante um tempo permaneceram em silêncio.

— A mãe anda numa deprê danada, não é, tio Léo?

— É.

— Tá assim há mais de um mês. Desde aquele dia horrível. — Suspirou. — Acho que nunca mais vou me esquecer daquele dia. Parece que quanto menos a gente fala dele lá em casa, mais eu fico lembrando. Depois do pai fazer uma daquelas cenas que você conhece e convencer a mãe que ela era a culpada da morte da Betina, nunca mais ele abriu a boca pra falar em Betina, em filha, em Dr. Rui, em parto, em cesárea, em coisa nenhuma daquilo tudo. E eu também: acabei inibindo: nunca mais tive coragem de falar na Betina. — Se inclinou ainda mais pra frente e ficou assim: braço apoiado na perna, mão agarrada uma na outra, olho no calçamento do chão. Depois concluiu: — Nem na Betina nem no susto que eu levei na sala de espera do hospital quando deu aquela explosão e a gente achou que o prédio vinha abaixo. Que terror que foi aquilo! justo na hora de tentar salvar a vida da Betina. E, pra completar o dia, quando eu saí lá do hospital de noitinha eu quis logo contar pro Joel tudo que tinha acontecido; fui lá na casa dele e... — Estancou a fala: caramba! não é que ele já estava ali falando do Joel pro tio Léo, feito coisa que... feito coisa que o Joel era conversa que ele podia ter com o tio Léo? Disfarçou; se virou pro Leonardo: — A mãe contou pra você que eu tava tendo aula de dança?

Leonardo fez que sim.

— Pois é, quem tava me dando aula era a tia da Sabrina, a Inês. A Sabrina é essa garotinha que almoçou hoje com a gente.

Leonardo ficou olhando pro Andrea Doria com um ar meio pensativo:

— Mas ela não é assim tão garotinha, é?
— É, sim, ela ainda vai fazer onze anos. Hoje ela tava parecendo mais velha por causa do sapato que ela tava usando. Deu uma crescida!
— Que saltão, hein?
— Nossa! não sei como é que ela aguenta andar em cima daquilo tudo. Era da tia dela.
— Mas parecia justo no pé.
— Elas calçavam igual. — Foi se recostando no banco. — Não pensei que você fosse prestar atenção no pé dela.
— É difícil a gente não prestar atenção nela toda.
— Por quê?
— Você deve saber melhor do que eu.
— Eu?
— Vocês não são amigos?
— Não. Quer dizer, amigo-amigo a gente só começou a ficar hoje.
— Ah, é?
— Antes era só assim... uma coisa só pra dançar.
— Uma *coisa?*
— Não! não é que eu achava ela uma *coisa*, não, mas eu só fui prestar atenção na Sabrina quando, um dia, a Inês chamou ela pra vir dar aula junto comigo.

Quando eu vi ela dançando eu fiquei bobo. — Se entusiasma: — Aquela garotinha nasceu pra dançar, tio Léo! — Mas, já esmorecendo: — Assim... feito eu queria ter nascido... Ela não precisa de aula, não precisa de ninguém, só precisa ouvir a música e pronto: ela todinha sai dançando, do cabelo ao dedão do pé.

— Ah, é?

— A Inês mesmo me disse: nem sei pra que que eu tô dando aula pra ela: o corpo dela sabe mais do que eu... Puxa, tio Léo, eu dava tudo pra ter o talento que ela tem.

— Mas você também tem.

— Até que eu achava também. Mas no dia que eu vi a Sabrina dançando é que eu saquei que eu vou ter que trabalhar muito o meu corpo pra um dia ele fazer o que o corpo dela faz, assim... assim sem ela fazer força, sem pensar nele, nem nada. Dá até raiva. — Ficou um tempo olhando pro chão de testa franzida. — Mas eu vou trabalhar pra isso, viu, tio Léo? Tô resolvido. Tem gente que resolve que vai ganhar a vida no computador, tem uns que resolvem que vão descolar a grana jogando futebol, outro resolve que vai ser médico, outro, arquiteto, todos achando que ganhar um monte de dinheiro é o máximo; mas eu quero é dançar. Acho que dançar bem é a coisa mais linda que tem. Deixa o meu pai falar. Deixa o Joel falar. Um dia desses eu não vou mais ligar pro que eles falam: vai entrar por aqui e sair por aqui. — Apontou pro ouvido. Depois deu uma encolhida de ombro. — Até lá... paciência.

— O Joel também tem má vontade com a dança?

— É diferente do meu pai, mas tem. O meu pai fica danado da vida porque acha que querer ser bailarino é coisa de *gay*. — Lançou um olhar enviesado pro Leonardo. — Você conhece o meu pai, não é, você conhece. O Joel é diferente: ele não tá ligando a mínima pra essa história de ser *gay*. Ele é um intelectual. Vive de livro na mão. Então ele diz que, em vez de querer dançar, eu tinha mais é que querer ler pra sair dessa ignorância em que eu vivo. — Não consegue disfarçar um tom de mágoa. — Ele me disse. Ele me disse claramente no dia em que eu fui lá desabafar o desespero que tinha sido a morte da Betina: você é um ignorante pela própria natureza. Puxa vida! então isso é coisa que uma pessoa que gosta da outra vai dizer numa hora dessas? — Apertou a boca com força: caramba! não é que ele já tava outra vez falando do Joel pro tio Léo?

— Ele achou que era ignorância você ter se desesperado com a morte da sua irmã?

— Achou.

— E ele te explicou por quê?

— Porque ele disse que era tudo um grande besteirol.

— Tudo o quê?

— Tudo. Porque eu contei tudo pra ele: a escolha que a mãe tinha feito de ter parto normal; tudo que ela enfrentou pra ir contra a vontade do pai; tudo que é dor insuportável que ela sofreu até resolverem abrir a barriga dela; contei da explosão do gás naquela hora, do susto que eu levei; contei do meu pai botando a culpa na minha mãe, contei tudo. E desatei a chorar, tio Léo, ainda mais essa, desatei a chorar na frente dele "feito um bezerro desmamado", ele disse. Ainda tive que ouvir mais essa. Foi dose.

— Mas eu não tô entendendo o Joel.

— Então somos dois: eu também não entendo ele. Eu acho ele o máximo. Máximo assim de... — meio que encolheu o ombro — ...assim de tudo; de cabeça então nem se fala, o cara é inteligente pra caramba, diz cada troço que me deixa até arrepiado; e foi com ele que eu pude conversar essas coisas que eu sinto e que me deixam assim... sei lá... meio confuso. Tem tanta coisa que eu sinto e que eu não entendo por que que eu sinto, então, foi assim que...

que começou essa minha história com o Joel; eu queria conversar com alguém que sacasse mais da vida do que eu. Conversa com colega de escola, assim da minha idade, não ia adiantar; e quando um dia eu comecei a conversar com o meu pai de umas dúvidas que eu tenho, ele veio logo com aquele jeito mandão que você conhece, e aí eu desisti. E com a minha mãe eu achei que não dava; ela é superlegal, eu acho que a mãe tem uma supercabeça, mas tem certas conversas que tem que ser mesmo de homem pra homem. Então, um dia que eu tava aqui no largo pensando na vida, de repente vem um cara e senta do meu lado. Foi naquele banco ali. – Espichou o queixo. – Eu já conhecia ele de vista. Claro, né? numa cidadinha assim todo mundo se conhece; e eu já tinha visto ele me seguindo com o olho quando a gente se cruzava na rua. Mais de uma vez. Quer dizer, uma porção de vezes, lugar pequeno é assim, a gente tá sempre se cruzando. – Se virou de lado pra ficar de frente pro Leonardo. – Sabe, tio Léo? quando eu ficar mais velho eu vou fazer que nem você: vou m'embora daqui. Que idade você tinha quando foi?

– Dezoito. Fui tentar vestibular no Rio. E foi só saber que tinha passado que anunciei lá em casa que ia morar no Rio: cursar faculdade lá. Tua avó era que nem a Paloma: dedicada à casa, à família. Depois que o papai morreu naquele acidente, ela procurou se recuperar da perda se dedicando ainda mais a nós dois. Mas quando eu anunciei que ia m'embora ela não fez isso — levou a unha do polegar pra ponta do indicador — pra me segurar aqui; o sofrimento causado pela minha decisão se estampou logo na cara dela, mas ela só disse, se é isso que faz você feliz, você deve ir mesmo, meu filho. E nunca disse uma palavra e nem tampouco fez um gesto pra me reter aqui. — Se virou também de lado, encolhendo uma das pernas pra apoiar ela no assento do banco. Agora os dois estavam de frente um pro outro. — Já na tua idade eu comecei a me sentir sufocado de viver num meio pequeno: todo dia vendo as mesmas caras, ouvindo as mesmas fofocas; toda noite o mesmo deserto aqui fora, todo mundo enfurnado, olho preso na tevê. — Meio que ri. — Me lembro que eu vinha me sentar aqui neste banco e, de vez em quando, dava uns gritos pra ver se acordava a cidade de toda essa sonolência.

  Andrea Doria também meio que riu. Depois:
  — Isso mesmo, tio Léo, tem dias que eu tenho vontade de gritar de tanto que eu acho que eu não vou agüentar esperar mais cinco anos pra ir morar

no Rio. Pode ser São Paulo também. Pode ser Paris, pode ser Londres, mas, grande! grande! grande! um montão de caras novas, todo dia um monte de coisas pra ver, pra fazer, pra acontecer, e a gente podendo fazer o que quer, sem ninguém se meter na vida da gente nem nada.

— Nunca me arrependi de ter saído daqui, mas...

— Você gosta mesmo de São Paulo?

— Agora, gosto. Saí do Rio com tristeza, sou louco por mar, você sabe, e no Rio eu vivia pertinho dele. Mas a proposta de trabalho que eu recebi de São Paulo era tentadora demais, não resisti. E foi ótimo eu ter ido. Não só porque eu comecei a crescer profissionalmente, mas porque foi lá que eu conheci a Marina. Sabe, Andrea, faz diferença, faz uma bruta diferença quando você, afinal, encontra uma pessoa que encaixa certinho com você. Até na profissão nós agora somos parceiros felizes.

— Ah, é! a mãe contou que vocês agora tão trabalhando por conta própria.

— É. Resolvemos que, mesmo abrindo mão dos salários altos (ela também estava ganhando muito bem lá, onde trabalhava), era hora de botar em prática nossas ideias; então criamos nossa pequena empresa. A gente agora vai tentar trabalhar de um jeito que não vai nos fazer ricos, mas que, certamente, vai alargar os horizontes da nossa criatividade. Então... – sorriu pro Andrea Doria – ...vamos bem, obrigado.

Andrea Doria retribuiu o sorriso e ficou meio esquecido do resto, só olhando pro Leonardo. Do *resto*, não: se lembrou do Rodolfo; e, de repente, quis muito que o Rodolfo fosse o Leonardo. Vai ver foi até por isso que, mesmo sem pensar no que ia perguntar, perguntou:

– Vocês não querem ter filho?

– Com certeza. Só que ainda não é hora. Pra tudo tem um tempo, não é? Aqui, dentro da gente. É preciso tentar respeitar esse tempo. Na medida do possível, é claro. E pra nós, pra Marina e pra mim, agora é tempo de levantar nossa casa de trabalho. Vai precisar muita dedicação pra levantar ela bem. E pra ter filho também: precisa muita dedicação pra criar ele bem. Então...

Silenciaram. O olho do Andrea Doria andou pelo largo; parou no banco onde, pela primeira vez, ele e o Joel tinham conversado. Lembrou que naquele dia, feito agora, ele estava se sentindo sozinho, confuso, infeliz. O Joel se aproximou com ar displicente, livro na mão. Sentou muito mais junto do Andrea Doria do que era preciso sentar; abriu muito mais aberto o livro do que era preciso abrir;

ajeitou com exagero os óculos que não era preciso ajeitar, e leu em voz alta: "Anos atrás, quando eu era um garoto, disse Dorian Gray amassando uma flor em sua mão, você me conheceu, me adulou e me induziu a ser vaidoso da minha beleza." Se virou pro Andrea Doria:

— Oscar Wilde. Sabe quem é? — E quando o Andrea Doria fez que não com a cabeça ele tirou os óculos e ficou olhando intensamente pro Andrea, antes de se pronunciar: — Ignorante!

Andrea Doria espichou o queixo pro banco:

— Foi a primeira coisa que o Joel me disse quando a gente conversou pela primeira vez. De cara ele me chamou de ignorante, tio Léo, de cara. Só porque eu nunca tinha ouvido falar num tal de Oscar Wilde. Bom, depois ele riu e eu nem levei a sério o *ignorante:* achei mesmo que ele estava brincando. Mas agora, seis meses depois da gente ter começado essa história, não dá mais pra achar que é brincadeira: pra ele eu sou mesmo um ignorante. Eu tive certeza disso no dia em que eu fui lá chorar a morte da Betina. Ele não ligou a mínima pro que eu tava sofrendo; achou aquela história toda um besteirol; disse que a mãe devia ser muito estúpida de querer sofrer pra parir, em vez de só pedir uma picadinha e dizer, me acordem quando a Betina chegar; e que o pai devia ser um estúpido ainda maior de, sendo o pai da criança, não dizer logo, leva a picada e pronto: vamos acabar com essa novela!; e que armazenar botijão de gás ali no pátio só servia pra mostrar que aquela turma do hospital era de uma estupidez sem limite; e que se a Betina tinha morrido, melhor pra ela: não ia ter que aturar a estupidez do sistema. Ele fala muito em sistema, sabe, tio Léo, e se arrepia todo, mas até hoje eu não entendi direito que sistema é esse que ele fala. Ah! e ainda disse que se a Betina logo apagou, melhor pro planeta também: o mundo tá sofrendo de superpopulação. Saí de lá arrasado. Resolvi que nunca mais ia falar com ele. — Ficou sacudindo a cabeça devagar. — Mas não adianta: ele não me larga. E se ele sabe me magoar, ele sabe também me agradar, e acaba sempre... — procurou as palavras durante um momento — ...e acaba sempre fazendo comigo o que ele quer. — Mordeu o lábio com força. Agora não tirava mais o olho do banco onde tinha conversado com o Joel pela primeira vez. — E o pior é que eu acabo sempre fazendo tudo que ele quer que eu faça; e pior ainda é que se eu digo que não vou mais fazer isso ou aquilo... feito eu disse ontem de noite, ele logo me castiga. — A cara foi pegando uma expressão cada vez mais doída. — Marcou de se encontrar comigo lá pros lados da curva do rio, onde a gente sempre se encontra pra... onde a gente sempre se encontra, e não apareceu. Ele já fez isso antes. Ele sabe que eu morro de chateação de ficar toda a vida esperando por ele... e nada. Ele faz de propósito pra me chatear. E depois, numa outra hora, ele aparece com a cara mais limpa do mundo, feito coisa que ele nunca marcou encontro nenhum, e vai logo dizendo no meu ouvido que me adora, que eu sou bonito demais, que ele nunca vai me largar, que mais tarde a gente vai casar, feito agora se faz de homem com homem. – Silenciou.

Leonardo ficou aguardando. Não queria se precipitar em nenhum comentário: a delicadeza do Andrea Doria não morava só nos gestos e nos traços fisionômicos perfeitos: morava também nos sentimentos e nas reações que ele tinha. Qualquer comentário pouco feliz podia desajudar ainda mais o menino.

– Ano passado eu andei brigando com uns garotos lá na escola. Eles me chamaram de *gay*. – Meio que encolheu o ombro. – Eu sei lá se eu sou *gay* ou sou o quê. Vai ver eu sou: eu nunca gostei de nenhuma menina... Eu não curto jogar bola... Eu só gosto de dançar... – E se virando pro Leonardo: – Mas a mãe disse que você também nunca curtiu futebol; e você não é *gay*, não é?

— Nunca experimentei: não tenho a menor ideia se ia gostar ou não.

Andrea Doria ficou um tempo pensativo. Depois:

— Pois é, essa é a primeira vez que eu experimento ter um caso com alguém. Eu não sabia como é que era. Calhou que foi com o Joel. Mas, às vezes, eu fico pensando que podia ter calhado com uma mulher, e aí? Eu quero dizer assim: se uma mulher mais velha (o Joel é seis anos mais velho que eu, sabia?) tivesse me pegado, feito o Joel me pegou pra gente... transar... aí como é que ficava? eu não era mais *gay?*

— Bom, Andrea, acho que tudo ia depender da tua reação, dos teus sentimentos... Se a gente experimenta e não gosta, não se sente feliz com a experiência...

— Eu não tô gostando desse meu caso com o Joel! não tô gostando nada. Quer dizer, tem umas coisas que ele faz comigo que eu gosto sim, mas sei lá! se uma mulher fizesse, vai ver eu também ia gostar... Antes do Joel eu era mais... como é que eu vou te explicar? assim, mais... livre. Acho que é isso: livre. Agora eu tô sempre pensando o que que o Joel vai achar, o que que o Joel vai dizer, o que que eu faço pra ele não me olhar com aquela cara que ele me olha quando eu digo um troço que ele acha besteira. Ando me sentindo meio escravo do Joel. Isso pra não falar da chateação com o meu pai. Agora ele tá sempre me espionando pra ver se me pega outra vez com o Joel. — Suspira. — E no meio disso tudo ainda acontece essa história da Betina e a depressão da mãe. E, pra piorar ainda mais, acontece a tragédia com a tia da Sabrina, que tava dando uma melhorada danada na minha expressão corporal. Eu tava adorando ter aula com ela e, de repente, aquilo: chego lá pra aula e a Inês tinha sido assassinada. — Enfia os dedos no cabelo. — Puxa, tio Léo, é dose! Eu tava afundando.

Silêncio.

— Mas então... você não dança mais?

— Até que agora eu comecei a dançar de novo. Com a Sabrina. Um dia eu fui lá na casa amarela pra saber se a Sabrina e a dona Gracinha continuavam por lá e encontrei as duas dançando. A dona Gracinha é a vó da Sabrina. Bem legalzinha que ela é. Só que é ruim da cabeça. E a Sabrina contou que depois que enterraram a Inês a dona Gracinha deu pra ficar triste toda a vida e que, então, ela bota música pra tocar e começa a dançar com ela. Disse que a dona Gracinha esquece a tristeza. Então eu, que ando nessa chateação toda, resolvi entrar na dança. Pra ver se esquecia tudo também. — Olhou pro Leonardo, desta vez com alegria. — E não é que tá mesmo me ajudando pra caramba?

Os dois riem.

— Puxa, tio Léo, que troço pra fazer bem que é dançar! Então agora, duas, três vezes por semana eu vou lá. É só chegar que a dona Gracinha já sai gritando, Neta! Neta! bota música pra dançar! E não tem papo, não tem nada. É só dançar.

— Mas o que que vocês dançam?

— Tudo. Samba, salsa, rumba, tango. Ah, tio Léo você precisava ver a dona Gracinha e a Sabrina dançando tango. Eu morro de vontade de rir. Mas não posso: tudo que elas dançam, elas dançam sério toda vida. Até clássico a gente dança.

— Mesmo?

— Lago dos Cisnes e tudo.

— Mas como é que vocês dançam o Lago?

— De araque; a gente vai inventando. Não tem mais Inês pra ensinar, fazer o quê?

— Até que eu ia gostar de ver uma sessão dessas.

— Então? vem comigo. Amanhã eu vou lá.

Leonardo ficou olhando um momento pro Andrea Doria e depois surpreendeu o sobrinho dizendo:

— Então tá, vamos lá.

— Jura?

— A que horas?

— Tem que ser de tarde, de manhã eu tenho escola. Às três tá bom?

— Tá ótimo: só vou voltar pra São Paulo à tardinha; e assim eu aproveito a manhã pra falar com o prefeito e um vereador que eu conheço.

— Prefeito, é? — e o Andrea Doria fez um muxoxo impressionado.

— Fiquei muito tempo aqui no largo olhando pro vazio que o sobradão deixou. Acho que eu tenho a obrigação de tentar qualquer coisa antes que a harmonia desse largo seja irremediavelmente destruída.

— Lá vem o pai. E vem atrás da gente.

Rodolfo marchava decidido; apontava o relógio da Sé; alisava a barriga; indicava com a mão que queria comer; chamava os dois com uma gesticulação larga.

Andrea Doria e Leonardo trocaram um olhar significativo, se levantaram e foram ao encontro do Rodolfo.

11.

Novos caminhos?

Quando, naquela noite, o Andrea Doria deitou pra dormir, achou que era só apagar a luz pra apagar também: estava supercansado. Mas foi só o quarto escurecer que as cenas do dia se acenderam na lembrança: a espera sofrida do Joel-que-não-veio; o espanto das cenas na beira do rio, o açougueiro, o capinzal, o sapato da Sabrina, a conversa com ela, a conversa de homem pra homem que ele tinha tido com o Leonardo. Era nessa última que o pensamento parava. Pra descansar e saborear. Era pra essa conversa e pra sensação de alívio que foi chegando devagarinho enquanto o papo rolava que o pensamento do Andrea Doria queria sempre voltar. Uma sensação de alívio que não terminou com a conversa. Ao contrário, aumentou durante o jantar, quando ouviu o Leonardo expondo o resultado da meditação a que se tinha entregue lá no largo, pormenorizando o plano de tentar embargar a construção do espigão e suavizar o crime da demolição de um exemplar tão precioso da memória histórica da cidade, como era o sobradão. O plano era criar agora, no vazio que o sobradão tinha deixado, um espaço que se harmonizasse com o restante das construções. Para Leonardo, o ideal seria ressuscitar o antigo prédio, mas sabia que era impossível. Como sabia também que embargar a obra já ia ser uma batalha muito difícil de vencer, não adiantava sonhar com nenhuma nova construção que fosse onerar ainda mais o custo do embargo. Então pensou fazer do espaço uma morada pro verde, agrupando árvores de pequeno porte, arbustos, orquídeas, bromélias, plantas rasteiras, todas elas originárias da região, a fim de transformar aquele espaço numa exposição permanente da variedade da flora típica da região. O espaço então não só ia ser um refrigério visual (tendo também bancos pra complementar os já existentes no largo), como seria um pequeno e charmoso centro de curiosidade e educação: afinal de contas, ninguém sabia nome de planta nenhuma; e muito menos sabia quais eram as espécies características da região. À medida que expunha a ideia, ia se entusiasmando com o projeto. Já fazendo planos pra, na manhã seguinte, no encontro que ia tentar ter com o prefeito e o vereador, glamorizar ao máximo o aspecto educativo e cultural do empreendimento, enfatizando o quanto uma iniciativa daquelas poderia aumentar o prestígio de um e de outro, levando ao povo as preocupações ecológicas e culturais de ambos...

Enquanto a Paloma e o Andrea Doria olhavam entusiasmados pro Leonardo, Rodolfo meneava a cabeça, esboçando um riso; e quando o Leonardo perguntou, mas qual é a graça? ele respondeu:

— Ver que você ainda acredita que nossos políticos se interessem por outra coisa que não seja engordar a conta bancária que têm.

— E quero morrer acreditando, Rodolfo. Até porque, se eu parar de acreditar neles, por que que eu vou continuar cobrando deles o que eles são pagos pra fazer? isto é, melhorar o nível cultural e econômico do nosso povo. Afinal de contas, se somos nós que botamos eles no poder, cabe a nós fazer com que eles cumpram as promessas feitas. Cada um que desiste dessa cobrança se torna cúmplice da corrupção que vai se alastrando por aí afora.

— A corrupção já chegou a um ponto que não tem mais volta. Ou você acha que o prefeito

e aquele veadinho — se corrigiu rápido —,
vereadorzinho, e todos os outros que aprovaram
o projeto do espigão lá no largo não entraram
numa bela propina?

— É possível. Mas acho ainda mais possível
que, se a cidade se mobilizar pra defender seu
patrimônio, a gente consiga embargar aquela obra.

— "Cidade se mobilizando!", "orquídeas e
bromélias em lugar de espigão!", "político levando
promessa a sério!". — Riu com gosto. — Você me
diverte, Leonardo.

Leonardo sorriu e teve um encolher de ombros:

— Se eu não conseguir nada, vou tentar me
consolar de, pelo menos, ter divertido você. — Se
levanta. — E agora eu vou voltar pro largo em busca
de inspiração pra minha argumentação de amanhã. —
Deu uma piscadela de olho pro Andrea Doria, jogou
um beijo pra Paloma e se afastou.

Naquela noite o Andrea Doria dormiu
embalado pela sensação gostosa de ter *descoberto
um amigo.*

No dia seguinte, quando a família se reuniu
pro almoço, a curiosidade era grande pra saber se o

Leonardo tinha conseguido se entrevistar com
o prefeito e o vereador. Tinha.

— E a obra vai ser embargada? — o Rodolfo
logo perguntou com ironia.

— Calma, Rodolfo, calma. Essas entrevistas de
hoje foram só o início de um longo caminho. Agora,
além dos pauzinhos que eu vou começar a mexer lá
em São Paulo, nós vamos precisar do maior número
possível de adesões ao projeto dos moradores daqui
da cidade. Quem está disposto a colaborar?

Andrea Doria e Paloma levantaram o braço.

— Eu começo lá na escola. Você não acha uma
boa os estudantes apoiarem o projeto, tio Léo?

— Acho uma ótima.

— E eu começo pela velha guarda: a turma do
pai e da mãe que ainda anda por aí.

— Isso, Paloma! ter o apoio da ala tradicional
da cidade é superimportante. — Olhou pro Rodolfo.

Rodolfo respondeu com um gesto resignado,
sem apagar a ironia do olhar:

— Se eu puder fazer qualquer coisa...

— *Todos* podem. Mas é preciso querer.

Rodolfo repetiu o gesto de resignação:

— Tentar, a gente tenta... mas acho ingenuidade
demais imaginar que um espigão vá ceder lugar a
um orquidário.

— Não é só um orquidário: é toda uma ideia cultural que vai se gerar ali.

— Tá, tá, mas continuo achando ingenuidade demais pensar que um espigão vá ceder lugar a uma ideia...

— Quem sabe ainda é *mais ingênuo* não saber avaliar o alcance que uma ideia pode ter? — E sabendo que era melhor não mencionar a visita à casa amarela, o Leonardo encurtou o almoço a pretexto de ter que se preparar pra voltar pra São Paulo.

Sabrina e a dona Gracinha já estavam dançando quando o Leonardo, a Paloma e o Andrea Doria chegaram na casa amarela. Sabrina, que só estava esperando o Andrea Doria, ficou meio intimidada. A dona Gracinha, não: foi só olhar pro Leonardo que gostou da cara dele: mostrou as covinhas e pegou ele pela mão pra ver a abóbora que tinha nascido lá no fundo do quintal. Depois mostrou pra ele o varal e contou do monte de roupa que ela tinha pra lavar. Disse que tava dançando pra descansar. Mas que depois tinha que trabalhar. Puxou o Leonardo e fez ele sentar no degrau da escadinha onde ela sempre sentava. Contou como estava suja de limo e

de areia a roupa que tinha chegado pra lavar. Falou
que ela e a Neta iam arrumar a casa pra chegada
da Inesinha. Disse que a Inesinha tinha resolvido
dormir pra sempre, mas depois mudou de ideia e
resolveu acordar. Já estava voltando pra casa. Ia
chegar pro jantar e ela estava em dúvida: fazia
empadão ou macarrão pro jantar? o que que o
Leonardo achava?

 Leonardo ponderou que empadão dava
mais trabalho; ela ainda tinha muita roupa pra lavar,
não tinha? Tinha! Então? por que que ela não fazia
o macarrão? É: era melhor; e ele ficava pra jantar
com elas, não é? ele ia ver como a Inesinha era
bonita (e piscou o olho pra ele). Ah, que pena! ele
não podia ficar? tinha que viajar? pra longe?...

 E, se a Sabrina não vem buscar os dois, a dona
Gracinha ia continuar lá entretida, encantada no
novo amigo, conversando até não poder mais.

 Foi só a Sabrina começar a dançar pro
Leonardo e a Paloma trocarem um olhar altamente
significativo. Recuaram pro canto do quarto e,
encostados à parede e de braços cruzados, ficaram
apreciando a Sabrina e o Andrea Doria se exercitando
nos passos que a tia Inês tinha ensinado, enquanto a
dona Gracinha, na frente do espelho, procurava
imitar os dois.

Volta e meia o olho do Leonardo se deslocava do par dançando pra observar mais um pouco tudo em volta: o espelho, a dona Gracinha (que tirou a sandália de dedo pra dançar também de pé no chão), o armário, a cama da tia Inês. Mas era logo atraído de novo pela dança, pelos movimentos impressionantemente ágeis e graciosos da Sabrina, e pelo quanto, dançando com ela, o Andrea Doria se divertia, relaxava e ria, adquirindo uma espontaneidade de expressões que o Leonardo nunca tinha notado antes.

Às vezes o olhar da Paloma sondava o Leonardo, e quando o olhar dos dois se encontrava a mensagem que trocavam era de pura emoção.

Quando saíram da casa amarela, deixando o par ainda dançando (estimulados que estavam pelo público interessado que tinham tido naquele dia), voltaram pra casa sem trocar palavra. Ao atravessarem o Largo da Sé, num acordo tácito, buscaram o banco onde costumavam conversar, de frente pro tapume azul que — talvez, quem sabe? vamos trabalhar pra isso? pensamento positivo! — ia sumir pra dar lugar a um belo cenário... Continuaram em silêncio durante algum tempo.

— Que coisa, hein, Léo? Você chegou ontem de manhã, já vai embora agora, tudo passou tão depressa! feito um minuto. Mas parece também que já faz muito tempo que você chegou. Engraçado.

— É, essa noção de tempo é esquisita...

— Não é impressionante o talento da Sabrina pra dança?

— Incrível! — Virou pra Paloma. — É impressão minha ou você já não está tão deprimida?

— Tô melhor, sim. — Pegou a mão do Leonardo e apertou. — Foi bom você ter vindo. Muito bom.

Ficaram de mãos dadas. E a Paloma completou:

— Que pena que você já tem que ir.

— Ah! mas agora nós vamos trabalhar juntos no projeto do largo, não vamos? — Ela sorriu, fez que sim. — Então? vai ser um pretexto novo pra gente se ver e se falar mais.

— É: vai ser bom.

— E por falar em trabalho: se algum dia você e o Andrea Doria quiserem trabalhar conosco, tenho certeza que a Marina também vai gostar...

Paloma virou vivamente a cabeça:

— Por quê?

— O quê?

— Você diz isso?

Ele deu de ombros:

— Ué! nada demais. É possível que, um dia, você ou o Andrea Doria tenham vontade de trabalhar conosco. — Se levantou. — Tenho muita estrada pela frente, minha irmã, deixa eu ir andando. De chegada vou fazer uns contatos importantes pra tentar honrar a memória do sobradão assassinado.

— Será que vai dar, Léo?

— Se vai dar eu não sei, mas que eu vou batalhar, eu vou. — Andaram em silêncio até o carro. Se abraçaram. — Te telefono quando chegar.

— Muito boa viagem.

Leonardo entrou no carro, colocou o cinto, ligou o motor. Mas, de repente, feito coisa que tinha recém se lembrado:

— Ah! escuta: se algum dia você resolver adotar a Sabrina, pode contar comigo pra tudo que for necessário pras duas. Pra Sabrina e pra dona Gracinha. Tchau. — Jogou um beijo pra Paloma e partiu.

Paloma ficou parada na calçada. A princípio, sem nenhuma reação. Parecia até que não tinha escutado a oferta. Entrou na casa. Foi pro quarto. Sentou na poltrona de couro. Começou lentamente a ruminar as palavras do Leonardo. Tão lentamente, que durante dias a fio ruminou.

12.
Conversa de mulher para mulher

A casa amarela impressionou a Paloma. Volta e meia se surpreendia pensando na Sabrina e na dona Gracinha; e não eram poucas as vezes em que ficava um tempão parada, revivendo na lembrança o quadro da Sabrina e do Andrea Doria, em primeiro plano, dançando; a dona Gracinha, ao fundo, batendo palmas ao ritmo da música, se divertindo com a dança dos dois e querendo imitar os movimentos do par. Paloma se demorava detalhando na lembrança cada expressão vista no rosto e no corpo dos dois jovens dançarinos. O prazer e o à-vontade com que a Sabrina se entregava à dança faziam Paloma sorrir; o empenho que ela via em Andrea Doria pra imitar a leveza e a agilidade corporal da Sabrina fazia ela se comover. Acabou inventando um pretexto pra ir outra vez lá na casa amarela.

— Fiz um bolo pra dona Gracinha.

— Deixa que eu levo, mãe. Eu tô indo lá dançar com a Sabrina.

— Ainda tem que ficar mais um pouco no forno. Daqui a pouco eu dou um pulinho lá...

E quando num outro dia comentou...

— Gosto muito de te ver dançando com a Sabrina.

— É mesmo?

— Tava até pensando em ir lá outra vez...

...foi um alívio pro Andrea Doria ver a Paloma se interessando de novo por qualquer coisa; tratou logo de estimular o interesse:

— Tô indo pra lá, vem comigo.

— Bom, eu... não sei se a dona Gracinha...

— Ela curtiu você, mãe. Então você não viu a alegria que ela ficou quando você foi lá?

— Ela gostou foi do bolo que eu levei.

— Não, não! Se você for lá de mão abanando ela vai gostar igualzinho.

— Mas eu não sei brincar com ela feito a Sabrina brinca.

— Não precisa, basta conversar um bocadinho com ela.

— Conversar o quê?

— Qualquer coisa. Às vezes ela entende, às vezes, não. Mas, entendendo ou não, ela gosta de ouvir gente falando.

— Ah, mas é bom levar uma coisinha pra elas comerem... Eu preparo rápido e depois levo lá.

— Não demora porque hoje eu não vou ficar muito tempo. Marquei um encontro na biblioteca.

Só pode ser com o Joel, a Paloma pensou. Andrea Doria jogou um beijo pra ela e saiu.

Sabrina abriu a porta e a Paloma estranhou o silêncio.

— Uê: não tem dança?

— O Andrea Doria já foi. Disse que tinha um encontro.

— Ah...

— A vó Gracinha então foi dormir.

— Sei.

E agora a Paloma estranhava o corpo entortado da Sabrina: um pé calçado no sapato de salto, o outro descalço. Ficou olhando pro sapato.

— Que saltão, hein, Sabrina?

Sabrina se botou na ponta do pé descalço.

— É mesmo; fico quase da altura da senhora, tá vendo? — Desceu da ponta do pé e se entortou outra vez.

Paloma viu que ela estava segurando um batom.

— Você ia sair?

— É, eu... eu ia dar uma voltinha por aí.

— Olha, eu trouxe umas panquecas que eu fiz pra vocês.

— Bem que eu tava sentindo um cheiro gostoso. Que bom! tô com uma fome danada. Entra, dona Paloma, entra, vamos comer as panquecas. — Levantou o guardanapo. — Que legal! uma porçãozona delas. Vó Gracinha! Vó Gracinha! Panqueca quentinha!

— Mas você não ia sair, Sabrina?

— Ah, deixa pra lá, melhor comer panqueca! — Fechou a porta, tirou o sapato. — Senta, dona Paloma. Vóóóóó! Ela tem um sono de pedra, sabia? Às vezes eu tenho que sacudir ela pra acordar.

— Deixa ela dormir, depois ela come.

— Mas quente é melhor.

— É só esquentar.

Sabrina fez que não.

— Não tem fogão?

Ela fez que sim.

— Então?

— É de botijão. Tá vazio.

— Ah.

Sabrina pegou pratos e garfos e serviu uma panqueca pra Paloma.

— Obrigada, Sabrina, já comi em casa.

— Come mais.

Paloma fez que não. Sabrina sentou, puxou o prato e devorou a panqueca com enorme prazer.

— Ih, mas que delícia! — Se serviu de outra. — Senta, dona Paloma!

Paloma se sentou. Dona Gracinha apareceu na porta do quarto esfregando os olhos:

— Cheiro bom!...

— Panqueca, vó. Quentinha. Olha... — Serviu uma panqueca e estendeu o prato pra dona Gracinha. — Pra você.

Sem mesmo olhar pra Paloma, a dona Gracinha se sentou e limpou o prato:

— Mais! — E mostrou três dedos.

Sabrina hesitou. Serviu duas panquecas e estendeu o prato. Dona Gracinha fez que não. Mostrou de novo três dedos. Sabrina botou outra panqueca no prato. A covinha apareceu em cada bochecha da dona Gracinha, e ela começou a comer devagar, intercalando cada garfada com um estalinho de língua e uma exclamação de prazer.

Sabrina se serviu de outra panqueca.

— Come umazinha, dona Paloma, tá tão bom.

— Se eu soubesse que vocês iam gostar tanto, eu tinha feito mais.

— Puxa! a senhora fez uma porção. Isso dá trabalho. Come umazinha. Olha, ainda tem duas.

— Obrigada, Sabrina, tô sem vontade.

Eram tantas as exclamações de prazer que a dona Gracinha intercalava entre uma garfada e outra, que a Paloma achou desnecessário falar: se contentou em olhar... E quando a dona Gracinha acabou as três panquecas (ao mesmo tempo que a Sabrina acabava a dela), estendeu o prato indicando com o dedo: mais duas.

Dessa vez a Sabrina hesitou mais comprido. Acabou servindo uma e estendendo o prato. Já ia se servindo da outra, mas a dona Gracinha corrigiu:

— Não, Neta: duas.

E a Sabrina serviu devagar a última panqueca pra dona Gracinha. Suspirou. Achou que era bom puxar uma conversa:

— A senhora acha que a gente dança bem? o Andrea Doria e eu?

— Acho, sim. Mas acho que você dança melhor.

— É... às vezes eu também acho que ele é assim um pouco... assim...

— O corpo meio tenso, não é?

— Tenso?

— Duro. Ele não tem esse jogo de cintura que você tem.

— É, às vezes eu acho que ele podia ser assim... mais jogado. Mas também eu acho que não precisa, ele é tão bonito que a gente só quer mesmo é ficar olhando pra ele e pronto.

Paloma riu:

— Você acha ele assim tão bonito?

— Acho sim. — Apoiou o rosto na mão e ficou pensativa. — Eu fico com pena de não ser assim bonita pra ele poder gostar de olhar pra mim.

— Mas ele gosta tanto de ficar olhando você dançar...

— Ah... mas é por causa da dança, não é por causa de mim...

— Ué: é você que faz a dança, não é?

— Então? ele gosta do que eu faço mas não do que eu sou. — O olhar passou pela sala, se deteve no sapato perto da porta. A fisionomia foi se fechando, se endurecendo. Lá pelas tantas ela deu de ombros:

— Também... se eu sou o que eu sou, por que que ele vai gostar do que eu sou?

A dona Gracinha se levantou, acariciou o estômago e se declarou satisfeita:

— Comi bem! — Foi indo pro quintal. — Agora vou botar a minha roupa no varal. Vem, Neta.

— Daqui a pouco eu vou.

Paloma tinha ficado observando a mudança de expressão no rosto da Sabrina. Quando o olhar das duas se encontrou, a Paloma sorriu e perguntou:

— E o que que você é?

— Puta, ué.

A resposta deu um susto na Paloma. Ela se endireitou na cadeira.

— Que que é isso, Sabrina? que brincadeira é essa?

Sabrina olhou pra ela ressabiada.

— O Andrea Doria não contou pra senhora?

— Contou o quê?

— Naquele dia... que eu fui almoçar na sua casa. Ele não contou pra senhora que me viu com o açougueiro? Lá no capinzal?

Paloma fez que não. Sabrina baixou o olho:

— Bom... então eu não precisava ter falado nada. Pensei que a senhora sabia.

Silêncio.

Sem se dar conta, a Paloma baixou a voz:

— Que idade você tem?

E Sabrina, na defesa:

— Já vou fazer onze.

— E por que que você diz que é puta?

— Puta não é quem descola uma grana pra fazer coisa que homem quer que a gente faz quando fica pelada?

Paloma desviou o olhar pro chão.

— É ou não é?

Paloma meio que encolheu o ombro:

— Bom, essa definição é um pouco... — Mas, quando levantou o olho pra Sabrina, perdeu o rumo das palavras. Ficaram se encarando. A expressão da Sabrina era de desafio.

— E... é isso que você faz? — a Paloma acabou perguntando.

— E cobro trinta reais. O açougueiro me sacaneou, só quis me pagar vinte. Mas quando aquele cara da padaria veio aqui me assuntar eu disse logo: trinta; e adiantado. Ele pagou.

— *Aqui?* — Indicou com a cabeça a casa.

— *Ali.* — Fez um gesto de cabeça em direção ao quarto da tia Inês.

O olho da Paloma quis de novo se esconder: vagou pelo chão e foi parar no sapato. O olho da Sabrina foi atrás:

— Quando eu saio eu boto o sapato da tia Inês pra não parecer que eu ainda vou fazer onze anos.

— Ah. Era dela...

— Era. Mas ela tinha o pé pequeno. Usava sempre esse sapato pra dançar. Dizia que era melhor que sandália porque firmava bem o pé, e quase todo mundo que vinha aqui dançar com ela era bem mais alto que ela. Assim que nem o Andrea Doria é pra mim.

O olho da Paloma voltou rápido pra Sabrina; e a Sabrina achou que tinha que explicar melhor:

— Eu tô querendo falar é da altura. Quando a gente dança é que eu vejo: ele é bem mais alto que eu.

— Mas eu não vi você usando sapato pra dançar com ele.

— Não! com ele, não! Não! A gente só dança, e eu uso pé no chão. Se ele é mais alto, paciência. — E agora era o olho dela que abandonava a Paloma pra ir se encontrar com o sapato. Paloma percebeu a expressão de tristeza que, rapidinho, se estampou no rosto dela. — Eu sinto uma saudade danada da tia Inês. Eu não sabia que saudade doía assim. — Meio que encolheu o ombro. — Saber de que jeito? eu nunca tinha sentido saudade de ninguém...

— Nem da sua mãe? do seu pai?

Outra vez a Sabrina encolheu o ombro:

— Não conheci eles... E o resto que eu conheci nunca me deu saudade depois que eu não vi mais.

Mas a tia Inês tá aqui, ó. — Bateu na cabeça. — Tá sempre aqui. Era tão bom ela viva! Ela conversava com a gente, contava coisa engraçada, e nunca! nem uma vez eu abri a geladeira e nada encontrei dentro. Até botijão de gás de reserva tinha sempre um... — O olho continuava no sapato, mas agora se enchendo de lágrimas: — Foi ela que descobriu que eu sabia dançar de nascença... — Começou a fungar. — E disse pra mim: "Você é das tais que já nascem feitas pr'aquilo que no futuro vão ser; a dona Gracinha... — fungou mais fundo e explicou que a tia Inês chamava a mãe de dona — ...a dona Gracinha se estuporou de trabalho pra fazer da tua mãe uma professora e de mim uma bailarina; porque eu era que nem você: tinha a dança no corpo; o que eu não consegui você vai conseguir, Sabrina; você, sim, vai ser uma senhora bailarina!" E só no dia que aquele puto veio aqui e matou ela é que eu fiquei sabendo que ela não conseguiu por causa dele: tudo que ela ganhava ia pro bolso dele; virou puta pra servir ele. Quando ela veio pra cá foi pra começar vida nova, mas o safado descobriu onde é que ela tava, veio atrás e acabou com ela. Pelo menos a minha mãe ninguém matou: foi ela mesma que acabou com ela. Ela também virou puta. Pra não passar fome. — A voz se quebrou de vez: — Tô achando que esse negócio é de família.

— Trancou a boca pra prender um soluço e o corpo foi se sacudindo enquanto o olho despejava lágrimas.

Silêncio.

Veio a voz da dona Gracinha lá do fundo do quintal:

— Neta! Vem logo!

Sabrina engoliu um soluço e gritou:

— Tô indo!

Paloma não resistiu à curiosidade:

— A Inês sabia que você... também...

— Deitava com homem? — E o olho da Paloma se arregalou vendo a Sabrina fazer que sim.

— E ela foi te buscar pra isso?

— Deus me livre e guarde! não, não! A tia Inês foi me buscar pra ficar com ela e com a vó Gracinha. Pra gente ser uma família e não faltar mais nada pra nós. E quando eu botei o sapato pra não parecer mais criança, não foi só pra descolar grana de homem querendo sacanagem. Isso também, né? isso também, senão... como é que eu vou comprar comida? Mas eu não quero parecer mais criança porque fica aí essa vizinhança toda dizendo que eu sou criança e que a vó Gracinha é maluca, e que criança tem que ir pra casa de menor abandonado, e que maluco tem que ir pra casa de maluco; e eu sei que aquela coroa ali da esquina já começou a tratar de arrumar orfanato e casa de maluco pra gente. Aqui, ó! aqui que eu vou. Prefiro fazer que nem a minha mãe fez. Pra isso tem rio aqui perto. E ontem mesmo eu fui falar lá com a coroa e disse pra ela que ela não tem nada que se meter na minha vida; e quando ela ficou toda espevitada e disse que eu era uma criança abandonada, eu disse que abandonada era a puta que pariu; eu disse que tinha família, tinha avó, tinha tudo, e disse que criança eu também não era: conhecia homem melhor que ela, e era bom ela ficar entendendo que se eu tinha família eu tinha mais é que tomar conta da minha família.

— Neeeeta! Veeem!

— Tô indo, vó! — Quando olhou pra Paloma, parou de falar e franziu a testa: — A senhora tá achando engraçado tudo isso que eu tô contando?

— Engraçado??

— A sua cara é de quem tá achando graça.

Paloma se perturbou:

— Graça nenhuma, Sabrina! Se a minha cara pareceu achar graça, me desculpa, mas só pode ter sido porque teu rosto é expressivo demais, parece até que ele sai dançando junto com a tua fala.

Outra vez o chamado da dona Gracinha. Paloma apontou pro quintal:

— Ela tá sentindo a tua falta. Já está na hora d'eu ir. — Levantou.

— Deixa eu lavar o prato pra senhora levar.

— Não precisa não, eu embrulho no guardanapo. — Abriu a bolsa pra guardar o prato. Teve uma pequena hesitação; olhou pra Sabrina: assim, de pé no chão, ela parecia tão criança! — Me responde uma coisa, Sabrina. Mas com toda a sinceridade, sim?

Olho no olho, a Sabrina fez que sim.

— Você já perguntou a você mesma se... se você... "ia ser puta", feito você diz, caso sua tia não tivesse morrido? quer dizer, caso a Inês continuasse tomando conta da família?

— Não! não! é ruim! Eu sou pequena aqui também. Dói quando entra, é ruim, não gosto. É ruim quando acaba também, e, às vezes, a gente quer tomar banho e não pode; é ruim o jeito que eles olham pra gente, feito coisa que a gente é... sei lá, mas é ruim. Eu gostava de estudar. O seu Gonçalves tava me ensinando, mas quando a tia Inês foi lá na escola eles disseram que o ano já tava no meio e que era pra eu voltar ano que vem. — Sacudiu a cabeça. — Não. É ruim.

— Quando eu cheguei você tava se preparando pra ir atrás dos trinta reais?

Sabrina ficou um momento em silêncio. Depois fez que sim:

— Mas a turma aqui é assim, ó. — Fechou a mão com força.

— Você topa fazer um trato comigo, Sabrina?

Sabrina já ficou um pouquinho em guarda:

— Que é?

— Cada vez que você precisar dinheiro pra comida ou pra outra coisa importante, em vez de ir procurar os trinta reais, ou aceitar quem te procura, seja lá fora, seja aqui dentro, você me avisa e eu te trago o dinheiro. Ou te mando pelo Andrea Doria. Feito agora. — Tirou da bolsa o dinheiro e botou em cima da mesa. — Você topa?

— É um trato pra sempre?

— Nada é pra sempre, Sabrina. Tudo tem um começo e um fim. Hoje você desabafou comigo, chorou na minha frente, quer dizer, hoje você confiou em mim. Então nós estamos começando uma amizade, não é? E você sabe que uma boa amizade depende da confiança que um tem no outro. Você tem vontade de confiar em mim pra nossa amizade crescer?

— Ter eu tenho. O problema vai ser se eu confio na senhora e depois sobra pra mim.

— Como?

— Ah, sei lá, ué, de repente a senhora arranja pra mim uma dessas casas pra menor que a senhora acha legal e...

— Ora, Sabrina...

— Mas a troco de quê que a senhora vai me dar trinta reais cada vez que bate o sufoco?

— O Andrea Doria pagava as aulas da Inês. Agora ele dança com você, então...

— Ah, isso não! dançar com o Andrea Doria é a coisa melhor que tem na minha vida. — E aí a cara dela se abriu num riso. — Eu é que devia pagar pra ele de tanto que é bom dançar com ele. A tia Inês ensinava pra ele e eu não ensino nada, só sei é servir de par.

— Mas ele também gosta muito dessas sessões de dança, fazem bem pra ele.

— Neeeta!

— Então? Topa tocar a nossa amizade pra frente?

— Puxa! acho até que eu tô sonhando. Quer dizer que... se um deles vem pra...

— Você diz que ele bateu na porta errada, tá?

Sabrina ficou olhando pra Paloma. A desconfiança que tinha aparecido na cara dela foi dando lugar a uma expressão de contentamento.

— Vamos selar nosso trato com um abraço?

Sabrina retribuiu com força o abraço que a Paloma deu nela e ficou parada vendo a amiga sair. Depois correu até a porta e gritou:

— Valeu, dona Paloma! Valeu!

13.

Sim: novos caminhos

Paloma se enfiou dentro dela mesma. Assim: fazia tudo que tinha que fazer; respondia (curto) tudo que perguntavam; se precisava sair, saía; se não precisava, era só acabar de providenciar a rotina de todo dia e sentava pra conversar. Com ela mesma. Horas a fio. Meio que se assustava quando o Andrea Doria ou o Rodolfo chegavam. Prontamente se levantava e ia providenciar o almoço, o jantar, o lanche, pegar a toalha pro banho, a camisa lavada, a calça passada. Tudo mecanicamente, uma vez que o diálogo interior continuava: uma Paloma questionando, a outra aceitando; uma se enamorando do futuro, a outra querendo ficar no passado; uma se sentindo corajosa, a outra amedrontada demais.

Muitas vezes o Andrea Doria e o Rodolfo ficavam olhando pra ela meio cismados. Achavam ela diferente; sabiam que ela tinha vencido a depressão; mas sentiam que ela tinha caído numa... numa o quê? E se o Andrea Doria se perguntava por que que ela agora vivia assim tão... longe (será que era pensando no caso dele-e-o-Joel?), o Rodolfo concluía que era remorso o que ela agora remoía. Remorso *duplo*, ele pensava: não só pela morte da Betina, como pelo Andrea Doria andar *desse jeito.*

Paloma nem percebia o quanto um e outro cismavam quando olhavam pra ela, tão absorta vivia no bate-papo sem fim com ela mesma. Papo que começou no dia em que fez o trato com a Sabrina; papo que se exacerbou no dia em que o dono da padaria, antigo namorado da Paloma e que sempre abastecia o carro no posto de gasolina do Rodolfo (embora os dois se detestassem cordialmente), resolveu comentar com um amigo que encontrou no posto, em voz suficientemente alta pra quem estivesse perto ouvir (inclusive o Rodolfo), que o Joel estava morrendo de paixão pelo Andrea Doria. Naquele mesmo dia o Rodolfo chegou em casa possesso: tinham visto o Andrea Doria e o Joel saindo juntos da biblioteca e sumindo lá pros lados do rio; já andava na boca do povo que "o meu filho é a paixão daquele veado!". Foi só o Andrea Doria chegar em casa pra cena começar: o Rodolfo acusando o filho de envergonhar ele na cidade; a Paloma querendo interceder; o Rodolfo responsabilizando as ideias dela por "meu filho estar indo por esse caminho"; o Andrea Doria defendendo a Paloma; a discussão esquentando; o Andrea Doria acabando por se exasperar e dizer: o Joel tem razão: você é um patriarca moralista e preconceituoso. Pronto! a frase pomposa do Joel foi a última gota: o Rodolfo pegou o chicote que usava quando saía a cavalo e, diante dos protestos horrorizados da Paloma, aplicou duas ou três chibatadas no Andrea Doria, exclamando, exaltado:

— Pra você deixar de ser um fresco! (primeira chibatada); pra aprender a ser homem! (segunda); na terceira, a Paloma se meteu no meio, e, se não é o Andrea Doria empurrar ela, tinha sobrado pra Paloma também. Rodolfo atirou o chicote longe e saiu batendo a porta. Quando voltou não se trocou nenhuma palavra dentro de casa. No dia seguinte o Andrea Doria evitou se encontrar com o pai, e a Paloma passou o dia entregue ao papo com ela mesma.

Depois foi tudo se acomodando de novo. Os ânimos. As refeições. As sessões de dança. O trato dos trinta reais. E é até possível que tudo continuasse na mesma se não tivesse acontecido a visita da

dona Estefânia,

que chegou na casa da Paloma de vinco na testa, saia cinzenta, blusa branca de bolinha preta e guarda-chuva de biqueira comprida, que ela espetou na campainha da porta. E foi só dar com a visitante que a Paloma se lembrou da Sabrina se referindo à dona Estefânia como *a coroa ali da esquina.*

— Bom dia, Paloma. Preciso conversar um momentinho com você. Com licença. — E, imprimindo ao guarda-chuva a função de bengala, ela capengou casa adentro. — Posso sentar?

— Claro, dona Estefânia.

A dona Estefânia sentou numa cadeira de palhinha, fincou a biqueira no chão, apoiou as duas mãos no cabo do guarda-chuva e se pronunciou:

— Vou ser breve. Você não priva da minha intimidade, mas, em cidade pequena, todos conhecem os hábitos alheios...

Paloma ficou em guarda.

— ...e, portanto, deve saber que o meu tempo é muito curto pra cuidar de coisas mundanas; minhas horas são devotadas a me ocupar da vida futura. — Se virou pra janela, ergueu o olhar pro céu e ficou imóvel durante um momento. Depois: — Notei que tanto você quanto o Andrea Doria frequentam a casa amarela...

Paloma se endireitou na cadeira.

— ...e, sendo você pertencente a uma das famílias mais antigas da cidade, achei que sua assinatura tinha que vir, junto com as de outras famílias tradicionais do nosso chão, no corpo principal dessa petição ao juiz. — Abriu a bolsa preta, pendurada no antebraço, e retirou com cuidado o documento lá de dentro. — Já que você conhece a menina e a velha que continuam morando na casa amarela, você deve saber, talvez melhor que ninguém, que a velha é desregulada da cabeça e a menina já foi contaminada pela doença da tia, que se passava por professora de dança, mas que você — fulminou Paloma com um olhar de reprovação — deve saber tão bem quanto eu que eram *outras* as coisas que ela ensinava. Que Deus a perdoe! Afinal de contas, a gente tem que ter compaixão. — Suspirou. — Você há de concordar que temos que tomar uma providência. E rápido! — Pontuou o *rápido* com uma batida da biqueira no chão. — Já se perdeu tempo demais. Todos que querem evitar um outro episódio para enlamear nossa cidade, feito o ocorrido no mês passado, quando aquele forasteiro veio aqui acabar com a vida da tal Inês, todos que querem, e eu duvido muito que qualquer pessoa de bem não vá querer, têm que assinar imediatamente essa petição, pra ser anexada a outros documentos que já estão sendo providenciados no cartório e que vão permitir a remoção da menina pra um orfanato e da velha pra um asilo de... um asilo que trata dessa gente. O trabalho que tudo isso está me dando vai ser recompensado, tenho certeza. — Olhou confiante pro céu. — Como tenho certeza também de que não é só àquelas duas coitadas que eu estou prestando ajuda; é, sobretudo, à nossa formosa cidade. Afinal de contas, estamos sendo obrigadas a conviver, parede a parede, com uma situação moralmente inaceitável. — Abriu outra vez a bolsa e pegou uma caneta; olhou o documento; estreitou o olho míope; indicou com o dedo: — Você assina aqui, ó — e estendeu a caneta e o documento pra Paloma.

Sem fazer nenhum gesto, a Paloma ficou olhando pro documento. Dona Estefânia sacudiu o papel. Paloma continuou imóvel.

— Paloma! você está dormindo? — Paloma olhou pra dona Estefânia e fez que não. — Pois então tome aqui a caneta.

Paloma voltou a sacudir a cabeça.

— Agora, não, dona Estefânia; eu preciso pensar melhor.

A dona Estefânia se ofendeu:

— Pensar o quê? não tem nada pra pensar nessa história! ou a gente está a favor do bem ou está a favor do mal.

— É exatamente isso que eu tenho que pensar, dona Estefânia: até onde eu posso fazer o bem e onde é que eu começo a fazer o mal. — Se levantou. — E agora a senhora vai me dar licença: estava me preparando pra sair quando a senhora chegou.

A ofensa da dona Estefânia cresceu:

— Espero que não seja para ir na casa amarela.

Paloma foi abrir a porta. A dona Estefânia foi atrás, mas parou na soleira:

— Que o Andrea Doria queira experiências exóticas, a gente ainda pode, talvez, desculpar: trata-se de um adolescente. Mas *você* começar a frequentar uma casa assim tão marcada, francamente, Paloma, por mais vontade que você possa ter de ajudar aquelas duas infelizes, você é inteligente o bastante pra saber que em casa de marimbondo ninguém mete a mão. Espero que não demore a me procurar pra assinar este papel. Bom dia. Recomendações ao senhor Rodolfo. — E lançando a biqueira pr'adiante, feito ordenando que ela indicasse o caminho, acertou o passo com o guarda-chuva.

No quarto de dormir da Paloma tem uma poltrona pequena, de couro, que era companheira diária da mãe dela. Quase sempre que a Paloma lembra da mãe, a poltrona vem junto. A mãe lendo. A mãe cerzindo meia. A mãe tricotando. A mãe refletindo. A mãe e a poltrona.

Nos braços da poltrona, o castanho do couro se amarronzou forte, de tão procurado, alisado, afagado. Depois que a mãe morreu, um dia a Paloma chamou o Leonardo pra escolher o que que ele queria levar. Ele quis o relógio de pulso, que era grande, quase igual ao que a Paloma usava.

— Você sempre usa o relógio do pai, não é?

Paloma **fez que sim**. Pai e mãe gostavam de visor generoso; **números** e ponteiros bem visíveis. Paloma entregou o relógio da mãe pro Leonardo.

— Mas tem o resto todo, Léo: objetos, móveis, louça, talheres. Pra não falar da casa. A gente tem que ver como é que vai ficar essa história da casa.

Leonardo sorria e meneava a cabeça. E não adiantava a Paloma insistir, ele só queria o relógio, o resto era dela:

— A casa, mais que tudo, é sua, e só sua, Paloma; você sempre gostou desta casa, sempre morou aqui; e mesmo quando o Rodolfo melhorou de vida, a mãe não quis que vocês fossem embora: ela sabia que você amava esta casa. Só isso já bastaria pra continuar tudo igualzinho e, sobretudo, com você aqui dentro. Mas, se isso não bastasse, ainda tem um outro fator importantíssimo: tenho a minha casa em São Paulo montada com tudo que eu preciso. Estou bem de vida, Paloma. Continue sendo a boa guardiã desta morada e de tudo que tem aqui dentro; continue preservando a casa pra cidade: nada vai me dar mais prazer do que isto.

Paloma ainda quis insistir:

— Mas, Léo, grana é grana; e se você está bem de vida, o Rodolfo agora também está. O negócio lá do posto de gasolina deu certo.

Leonardo olhou pra Paloma com um jeito meio pensativo e disse:

— Tanto melhor. Mas o que não é certo, ou melhor, o que nunca é certo, é por quanto tempo um casamento vai dar certo.

A poltrona de couro continuou morando no mesmo quarto que a mãe ficou ocupando sozinha depois da morte do marido. Quando a mãe morreu, a Paloma e o Rodolfo se transferiram pra lá: era o quarto mais quieto da casa, dava pro quintal. A janela, grande, recebia muito sol, muita luz; era junto dela que a poltrona morava; e era ali que, agora, mais do que nunca, nessas longas conversas que vinha mantendo com ela mesma, a Paloma se aconchegava. De olho perdido, ou lá fora, ou no soalho de tábua corrida; de braço apoiado no marrom e de dedo alisando distraído o couro, ela examinava minuciosamente cada dúvida que uma Paloma levantava e cada resposta que a outra Paloma dava. Só que, nos últimos dias, as dúvidas tinham crescido demais, e, pouco a pouco, a Paloma se dava conta de que, pra responder a elas, ia precisar de muita coragem.

A visita da dona Estefânia se intrometia a toda hora no pensamento da Paloma. Mas, quanto mais presente se fazia, mais a memória da Paloma teimava em lembrar uma cena acontecida na véspera:

Paloma chegando na casa amarela com uma broa de milho recém-tirada do forno.

Música tocando.

Sabrina e Andrea Doria dançando.

Dona Gracinha pensando que, com os movimentos que faz, está dançando também.

Paloma é recebida com uma salva de palmas. Se sentam ao redor da mesa, de olho na broa.

Já familiarizada com o ambiente, a Paloma vai na cozinha buscar uma faca. Sabrina corre atrás dela e, num cochicho: "O açougueiro me pegou na rua e quis me levar pro capinzal. Eu disse que não ia e ele me ofereceu mais. Eu disse que nunca mais eu ia e ele disse que eu ia me arrepender se não fosse. E eu disse pra ele não chatear senão quem se arrependia era ele. Não foi bem respondido?"

Num supercochicho a Paloma concorda que foi. O cochicho está pronto pra continuar, mas a dona Gracinha começa a bater com a mão na mesa, repetindo: quero broa, quero broa, quero broa.

E agora, ali na poltrona de couro, a Paloma se lembra de que ficou tão perturbada quando a dona Estefânia estendeu o papel, que nem chegou a olhar as assinaturas que já constavam. Será que o açougueiro tinha assinado a petição?

A lembrança voltava pra casa amarela, revivendo um outro momento da véspera quando, de broa já saboreada e reprisada, o Andrea Doria e a Sabrina começaram a debater a próxima música que iam dançar, um querendo uma, outro querendo outra, mas era visível o à-vontade e o prazer com que os dois discordavam. Paloma se demorou olhando pros dois e de noite, num momento a sós com Andrea Doria, perguntou:

— Você e a Sabrina viraram bons amigos, não é?

— Pois é, mãe. No princípio eu nem dava bola pra ela, achava ela muito criança pra ser minha amiga. Mas depois que eu vi ela dançando... ah! mãe! como eu queria ter o jeito que ela tem.

— Mas quem sabe se vocês continuarem dançando ela não vai te passando o jeito?

— É essa a minha esperança. Pelo menos por enquanto. Depois eu vou precisar de um curso pra valer.

— E ela também.

— Bom, mas ela não vai poder.

— E você vai?

— Se depender do pai, tá difícil. Mas se depender de uma tal de dona Paloma...

Paloma continua ali, na poltrona de couro. De repente se sobressalta ouvindo a voz do Rodolfo:

"não se janta nesta casa?". Em seguida, a luz se acende impondo a realidade do quarto, da janta, da vida. Rodolfo se aproxima:

— O que que você tá fazendo aí no escuro?

— É verdade... — Protege a vista da claridade da lâmpada do teto e acende o abajur da mesinha ao lado. — Nem vi que já era noite. — Faz um gesto pedindo que ele apague a luz de cima.

— Você não tá se sentindo bem?

— Tô sem fome. Mas tem comida que sobrou do almoço. E tem a sopa que eu fiz ontem e você gostou. É só aquecer. — Se estranhou: o Rodolfo não tinha a menor intimidade e, muito menos, afinidade com o fogão: tinha se habituado a ser sempre servido.

Rodolfo fica um momento digerindo a informação. Depois:

— O Andrea Doria não tá em casa?

— Não sei. Mas é possível que esteja no quarto estudando; amanhã ele tem prova. Embora você ache o contrário, ele é um menino responsável.

A digestão dessa segunda resposta foi difícil: nas últimas semanas ele tinha digerido o silêncio da Paloma com relativa facilidade, mas agora não estava aceitando numa boa o tom de voz da mulher. E muito menos a novidade de ter que fazer companhia ao fogão. Senta na beira da cama e cruza os braços:

— *Madame* está emburrada?
— Não.
— Deprimida?
— Não.
— Está o quê, então?
— Sozinha.
— Sozinha, como?
— A dois.
— O quê?
— Solidão a dois: é a mais pesada de todas.
— Madame pode se explicar melhor?
— Sozinha com a gente mesma até que é bom. Mas sozinha com outro dói.

Ele suspira:

— Qual é a queixa desta vez?
— Desta vez, por quê? Queixa não faz parte do meu repertório. Ou faz?
— Se não fez, agora tá fazendo. Ou você não está se queixando de que, mesmo casada comigo, você se sente sozinha?
— Não é queixa, é só uma resposta à tua pergunta: me sinto sozinha, sim. Na tua companhia eu agora me sinto muito sozinha.

Bom, isso agora também já não estava tão fácil de digerir. Ainda mais na hora de sentar pra ver o telejornal e saber que o jantar não está sendo preparado.

— E... pode se saber por que que *madame* está me acusando de lhe causar solidão? Não foi minha culpa se *madame* perdeu a menina que ela queria tanto. Muito ao contrário: eu fiz tudo pra tentar salvar a minha filha... Acho que, se alguém tem que se sentir sozinho, esse alguém sou eu.

Paloma pareceu não perceber o salpico de agressividade em cada *madame*.

— Não é só por causa da perda da Betina que eu estou me sentindo tão sozinha. Mesmo porque eu pretendo adotar uma criança. — Franze a testa, pensativa. — Talvez até duas...

A surpresa da informação transmitida com tanta firmeza deixa o Rodolfo, a princípio, mudo. Quando retoma a fala, a primeira pergunta que faz é:

— Assim, é? sem me consultar nem nada?

— É: assim, sim. *É*, não. *Vai ser...* Daqui pra frente. — E cruza os braços também.

Fica até meio engraçado os dois sentados desse jeito, frente a frente, olho no olho, braço cruzado igualzinho. Depois, o Rodolfo se levanta e desmancha a cena:

— Se você tá querendo brincar comigo...
— Não tô, não.
— Então já vou te avisando: *não* vai ser assim, não. No passado eu te disse: não quero filho dos outros, o filho tem que ser meu. E você concordou.
— Não concordei: aceitei. Feito eu sempre acabei aceitando as tuas decisões. E a novidade é exatamente esta: não tô mais a fim de aceitar. Ou melhor, não tô mais a fim de aceitar decisões com as quais eu não concordo. E eu não concordo de que "filho tem que ser meu". De modo que é melhor você já ir se habituando com o fato de que eu vou adotar essa menina.
— *Essa* menina? Você já tem a menina?!
— Já. Mas ela ainda não sabe que vai ser adotada por mim. Você é a primeira pessoa que está sabendo.
— Ah! muito obrigado pela deferência.
— Tomei a decisão hoje. Exatamente hoje. Pouco antes de você entrar aqui no quarto. – O olhar se perde na escuridão do quintal. – Já vinha pensando muito nisso. Nisso e na minha vida com você. Mas só hoje me senti com coragem de enfrentar tudo que a gente tem que enfrentar quando quer fazer valer as ideias que se tem. – Olha outra vez pra ele. – Enfrentar, sobretudo, você.

— *Enfrentar!...* Essa é boa; parece até que eu sou um monstro.

— Monstro nenhum: eu nunca poderia ter me apaixonado, casado e vivido quatorze anos com um monstro. Mas você se habituou demais (e eu assumo essa culpa, por ter sido sempre tão submissa a você), você se habituou demais a fazer prevalecer as *suas* ideias, o *seu* jeito de ver as coisas, a *sua* maneira de lidar com a vida. Só que o *meu* jeito é diferente; e o jeito do *seu* filho é diferente também.

— Ah! estava faltando a famosa benevolência materna pras não menos famosas "opções sexuais".

Paloma continua tentando ignorar as "ironias":

— E você já provou muitas vezes que não tem a mais leve intenção de tentar ser compreensivo com o jeito alheio. Acho que a horrenda cena da semana passada, com aquele abominável chicote do teu avô, foi a gota d'água que tava faltando. — Olhou outra vez firme pra ele. — Transbordou, Rodolfo. Agora, se você quer continuar vivendo comigo, você vai ter que repensar o teu jeito. Eu já repensei o meu. E eu não estou disposta a abrir mão da ideia de adotar a Sabrina.

Agora o Rodolfo se assusta *mesmo*.

— Adotar quem??

— A Sabrina. Aquela menina que você conheceu almoçando aqui em casa no dia em que o Leonardo veio de São Paulo.

— Sei, sei! Então eu não vou saber que o Andrea Doria ia dançar com a tia dela e que agora vai dançar com ela, e que até você já tá frequentando a casa amarela, levando comidinha e não sei que mais pra vó maluca que ela tem?! Mas você ignora que numa cidade desse tamanho todo mundo acaba sabendo tudo de todo mundo. E, pelo jeito, você é a única que não sabe o que já corre de boca em boca a respeito daquela menina. Claro que não sabe! Se soubesse não podia estar aí falando dessa maluquice de adoção! Pois fica sabendo o que que a "tua filha adotiva" é: uma prostitutazinha. Zinha, não: puta mesmo. De pegar homem na rua e tudo. Aprendeu com a tia, que agora todo mundo já sabe o que que ela era. Professora de dança pra quem não tá a fim de mulher, feito o Andrea Doria. Pro resto ela ensinava eu sei muito bem o quê. Adotar uma criança que já tá nesse caminho! imagina só!... Francamente, Paloma, você deve ter ficado muito perturbada de ter brincado com a vida da Betina do jeito que você brincou. E, mesmo não sabendo que essa menina vai pegar homem na rua, você tem que estar muito perturbada pra

querer perfilhar uma criança que já tem onze anos!
Nas suas intermináveis reflexões, será que você
nunca se lembrou de pensar que, nessa idade, uma
criança já foi marcada pelo ambiente em que viveu?
E que nunca mais vai se libertar dessas marcas?
Nem isso você pensou, não é? Ela já é uma
prostituta! E vai ser sempre! Bonitos planos você
arrumou pra mim! Além de estimular meu filho
pra ser *gay*, agora está querendo trazer uma puta
pra morar na minha casa.

Paloma se irrita:

— Não fale assim, Rodolfo!

— Tô falando a verdade.

— Verdade pra *você*.

— Pra todos.

— Você não tem o direito de continuar se referindo ao Andrea Doria desse jeito...

— Ah, não?

— ...ele ainda nem sabe o que que é ser *gay*.

— Ah, não?

— Não, não! Da mesma maneira que não sabe o que que ele vai ser na vida...

— Vai ser bailarino: que mais você quer?

— O que eu quero é que você entenda que ele ainda não tem idade pra saber o que que vai ser ou deixar de ser. O fato dele ter se apaixonado por um rapaz mais velho não é definição nenhuma do que que ele é e do que que ele vai ser.

— Ah, não?

— Não, não, não!

— Não grite comigo!

— Mas você pode gritar à vontade; pode até usar um chicote, não é?

— E o que que você quer? Que eu fique impassível? Que eu não perca a cabeça com as maluquices que andam acontecendo nesta casa? Que eu ache muito engraçado você querer que eu prepare o jantar? E que você me participe, com a maior cara de pau, que vai trazer pra dentro da minha casa uma menina que a cidade toda já tá sabendo que trepa com qualquer um?

— Você está outra vez enganado: eu sei muito bem com quem que ela esteve no capinzal e com quem que ela esteve dentro de casa. Sei muito bem o que que ela cobrou e o que que ela fez e deixou de fazer com um e com o outro. Você sabe que nesse ponto mulher é feito homem: gosta de trocar informação. E se você quer saber mais de tudo que *eu* já sei, eu vou te contar: nem você, nem eu, nem muito menos a Sabrina sabemos o que que ela é e o que que ela vai ser. E sabemos ainda menos o que que ela vai *"sempre* ser". Mas eu sei de uma coisa:

se eu ajudar aquela menina a não ter que deitar com os outros pra poder viver, eu vou estar pouco me importando que você ou a cidade inteira fiquem contra as minhas ideias. Da mesma maneira que eu vou estar pouco me incomodando se, pra fazer a Sabrina mais feliz, eu tiver que adotar a outra criança: a vó dela.

— Pra maluca basta uma: já temos você. E se você pensa que eu vou engolir a vergonha de abrigar aquela dupla aqui em casa, vai tirando o teu cavalinho da chuva: até onde eu saiba, maluquice não contagia, e eu continuo muito bom da cabeça. E se você me disser outra vez pra eu ir pra cozinha preparar o jantar depois de ter trabalhado o dia todo pra sustentar a casa, eu te digo: vá você! Porque eu vou pro bar do Ernestinho comer um bife a cavalo. Tchau-tchau. — E dá as costas.

— Rodolfo!

Ele para na porta e se vira. Ela então fala:

— Tem duas coisas importantes que eu ainda não te expliquei.

Ele cruza os braços e suspira com impaciência.

— A primeira é a seguinte: a razão principal d'eu querer adotar a Sabrina é porque eu gosto dela. Gostei daquela menina desde o primeiro momento em que ela entrou aqui em casa. Cada

vez que eu estou com ela, gosto mais. E sinto que
ela também está se afeiçoando muito a mim. Acho
que isso já é uma garantia muito boa de que vamos
ser ótimas companheiras e de que a adoção pode
dar muito certo. Confio que eu vá poder ajudar a
Sabrina a desenvolver todo um potencial que
ela tem e me julgo preparada pra essa tarefa. — Ele
se volta para sair. — Espera! ainda não acabei. Se,
trazendo também a dona Gracinha, vai ajudar a
Sabrina, eu trago a dona Gracinha também. Se não,
escolho na calma um lugar pra ela ficar. E tem
mais uma razão importante motivando a minha
decisão: concluí que a Sabrina pode ser um
elemento positivo na vida do Andrea Doria.

— Tá achando que ele vai trocar o Joel por ela?

— Tô achando que vai ser bom pra ele ter uma
irmã feito ela.

— Ah! — Ele vai saindo.

— Por favor, Rodolfo, um pouquinho mais de
paciência, sim? Deixa eu te explicar a segunda coisa.

— Depressinha, tá? a fome é grande.

— Foi você que escolheu o regime de separação
de bens quando nos casamos. Certo?

Rodolfo agora fica mais atento.

— Você contava com uma grande herança do
seu avô, lá em Portugal, e quis logo completa

liberdade pra administrar seus bens, sem amarras de espécie alguma, inclusive matrimoniais. Certo? Logo concordei. A herança acabou sendo pequena, mas mesmo assim permitiu que você comprasse o posto, estabelecesse o seu negócio...

— ...fazendo com que a minha família não passasse nenhuma necessidade.

— Certo: nunca passamos. E você sempre me explicou que o nosso conforto só era possível cada um fazendo a sua parte, isto é, você administrando as finanças (sem nunca me consultar pra absolutamente nada) e eu manejando o resto. Só que, pra *manejar o resto,* eu tive sempre que consultar você pra tudo. Certo? Eu não fui criada pra me tornar tão dependente. Mas me adaptei. Fui sempre tão apaixonada por você que fiz de mim gato-sapato pra me adaptar à dependência de você. E acho até que consegui. Durante vários anos. Mas as paixões esfriam com o tempo. A minha não foi exceção. E não é de hoje que eu comecei a me sentir sozinha na tua companhia. Um momento! estou chegando ao fim. Você sempre *administrou* os teus negócios, a tua vida. Eu me limitei a *manejar* a casa. Só que, agora, eu estou resolvida a *administrar* esta casa. Não se esqueça que o Leonardo abriu mão dela a meu favor. A casa me pertence. Se você quer continuar morando comigo e com o seu filho, a casa continua à sua disposição. Mas é bom *também* que você saiba que eu não vou mais tolerar outra das suas cenas de violência aqui dentro.

— E... só por curiosidade... nessa nova administração que *madame* quer introduzir na casa... quem é que paga as contas?

— Se você não quiser mais colaborar nas despesas da casa, Rodolfo, eu não vou fazer *isto* — indica com o polegar a pontinha do indicador — pra pressionar você. Como eu nunca fiz *isto* pra pressionar você pra nada. E como não pretendo fazer *isto* pra ter você ao nosso lado. Não se esqueça que o meu pai e a minha mãe me deram o maior legado que se pode dar a um filho: uma belíssima educação. É só eu tirar a poeira de tudo que eu cursei e aprendi antes do casamento pra estar apta a exercer uma profissão. E se você quiser ignorar este pormenor, lembre do outro: o Léo está muito bem de vida. E sempre botou tudo que tem à minha disposição. Você sabe muito bem que nós somos assim — junta um dedo no outro — feito eu vou fazer o *impossível* pro Andrea Doria e a Sabrina serem também. Obrigada pela paciência. Bom apetite. — Se vira e mergulha o olhar na escuridão do quintal. Ouve os passos do Rodolfo se afastando. Depois ouve a porta da rua bater. E aí só fica atenta às batidas do próprio coração. A princípio, aceleradas. Depois, se aquietando e se aquietando à medida que o susto vai passando. Susto, sim. Susto com ela mesma. Sempre que pensava na conversa que *um dia* ia ter com o Rodolfo, se via hesitando, gaguejando, se encolhendo e, no entanto, as palavras tinham saído feito decoradas, claras, sem tropeço nenhum; e a firmeza do tom de voz tinha apagado por completo o medo que ela sempre imaginou sentir na hora de "virar a mesa".

Mas agora um novo susto, ao ser tocada no braço. Se vira rápido. Andrea Doria está de pé junto dela. Tinha entrado tão de levinho no quarto que ela nem percebeu.

— Oi, filho, por onde você andava? — Pega a mão dele.

— Que mão gelada, mãe!

Ela puxa a mão, mas o Andrea Doria prende na dele. E durante um momento só ficam assim: se olhando de mão dada.

— Você saiu?

— Não, não, eu tava aí no quarto estudando. Mas, quando ouvi a voz do pai, abri uma fresta na porta e fiquei ouvindo toda a conversa, viu?

— Bom... então... você já está por dentro de tudo, não é?

Outra vez os dois só se olhando sem dizer nada.

— E... o que que você achou das novidades?

Num impulso, o Andrea Doria se ajoelha e se abraça na Paloma, escondendo o rosto na barriga dela. Ela quer fazer festa na cabeça dele, mas hesita, se sente outra vez com medo: e se as *novidades* tornavam o menino ainda mais confuso? Fica aguardando. Andrea Doria esfrega a cara na saia dela. Quando levanta o rosto, não se vê vestígio de lágrima.

— Você pode contar comigo, mãe. Pro que der e vier. Agora eu tô me sentindo mais forte também. Essa coisa de coragem contagia, né?

— E essa coisa de medo também.

— Também. Que bom que você falou com ele do jeito que falou. E se ele vier de novo com essa banca toda e você fraquejar eu vou te ajudar. — Outra vez se abraça nela. — Que bom!

— E você vai gostar de ter uma irmã bailarina?

Ele se levanta num pulo:

— Eu quase caí pra trás quando você falou nisso!

— Você não esperava?

— Nunca-jamais-em-tempo-algum! No princípio achei até que não tava escutando bem.

— E depois que escutou, gostou?
— Demais!
— Mesmo?
— Mesmo! Eu sempre quis ter uma irmã, você sabe: já tava pronto pra trocar fralda e cuidar da Betina.
— Só que agora não tem fralda pra trocar.
— Mas tem um par pra toda hora dançar; já pensou que par que isso vai dar?
Riem. Mas logo o riso da Paloma vira cara de preocupação:
— E será que *ela* vai gostar?
Andrea Doria meneia a cabeça.
— Puxa, mãe! Eu queria ter certeza de outras coisas feito a certeza que eu tenho de que a Sabrina vai gostar *tanto,* que nem vai acreditar. Quero estar junto pra ver a cara dela, hein! Com aquele olhão que ela olha pra gente. — Arregala o olho, imitando a Sabrina. Os dois riem juntos de novo.
— E a dona Gracinha?
Ele coça a cabeça.
— Bom... isso eu já achei mais complicado...
— Complicado é... Mas vamos ver, primeiro, a reação de uma pra depois tratar da outra.
— E já que o pai foi pro bar do Ernestinho eu vou lá esquentar aquela sopa pra nós dois. De

repente me deu uma fome danada! Quando estiver tudo pronto eu chamo. — Sai. Mas volta e joga um beijo pra ela. — Valeu, dona Paloma! — Sai correndo.

    Paloma desliga o abajur e se reclina no encosto da poltrona de couro. Fecha os olhos. Suspira.

Pra você que me lê

Vai só deixar a Paloma

lá no quarto pontuando com um suspiro as resoluções tomadas e botar o Andrea Doria na cozinha esquentando a sopa pro jantar (um e outro entregues a uma súbita sensação de alívio e paz), que me deu vontade de aproveitar esse momento de sossego e vir pra cá, pro espaço que criei pra nós, e que chamei de *Pra você que me lê*.

    Se você é meu leitor, minha leitora, já deve ter notado que o *Pra você que me lê* é um espaço móvel, varia de livro pra livro: ora é no começo, ora no fim; ora faz parte da história, ora se torna ausente, ora se limita a dar uma ou outra informação sobre o livro que você tem na mão. No *Sapato de salto*, nosso espaço se deslocou **quase** pro fim do livro: tomou o lugar do que seria o penúltimo capítulo.

Por quê?

Bom... não sei se, com razão, achei que não devia te entregar "Expressões" (nome que dei ao último capítulo) sem te contar quem é que me influenciou a terminar a história do *Sapato* do jeito que resolvi terminar.

Tudo aconteceu assim: comecei a escrever o *Sapato de salto* há muitos anos. Não era um sapato, era uma sandália. Dourada. E os personagens da história *Sandália dourada* eram diferentes destes que vieram morar no *Sapato*.

Depois de alguns meses de trabalho, salvei duas ou três cenas, cujos diálogos me pareceram razoáveis, e destruí o restante do livro: me lembro que nunca senti afinidade com aquele pessoal com quem eu vinha convivendo diariamente. Me lembro que nunca lastimei ter me livrado deles. Ao contrário: me esqueci de todos rapidinho.

Quando acabei de escrever *Retratos de Carolina*, em 2002, comecei a alinhavar uma história que, depois, passou a se chamar *Aula de inglês*. O personagem principal da história é um professor que ambicionou ser fotógrafo profissional (retratista) e não conseguiu. Já idoso, se sente altamente atraído por uma moça, a quem dei um atributo que, quando fiz teatro, aprendi a valorizar muito: uma fisionomia expressiva. O professor, que é também admirador desse atributo, passa a dar aulas de inglês pra moça e está sempre se encantando com as expressões fisionômicas dela, tentando captá-las em enquadramentos mentais.

A escrita de *Aula de inglês* começou a ganhar força na hora errada: eu estava recém-criando a minha Casa editorial. A princípio tentei conciliar as tarefas de editora e escritora. Mas logo compreendi que, pra tocar pra frente o projeto da Casa, eu tinha que empurrar a escritora pra segundo plano e fazer ela se contentar com as sobras do tempo e da dedicação consumidos pela editora.

Nunca duvidei de que precisaria de uns bons três anos pra Casa "se firmar nas pernas". Então, a atenção que dei à escritora nesses três anos foi esporádica. Tanto que, numa das vezes em que, depois de um longo afastamento, eu voltei pro meu professor de inglês, nem reconheci mais ele... Achei então melhor buscar outros personagens, outras histórias.

Foi aí que, procurando uns documentos da Casa, nesse monte de pastas e missivas e papéis que entulham a minha mesa de trabalho e que, a cada princípio de ano, eu juro que eu vou organizar, responder, arquivar, e que, a cada fim de ano, me desespero ao ver que o monte cresceu, dei com três páginas amareladas de diálogos vivos referentes a uma menina que estava sendo empurrada pra prostituição. Ela era uma das personagens de *Sandália dourada*. Não consegui me lembrar do jeito dessa menina. Nem do nome que eu tinha dado a ela. Se é que dei. Mas me lembrei, sim (graças às páginas amareladas), de alguns farrapos da família Gonçalves, moradora num subúrbio do Rio. De repente, senti uma bruta vontade de descobrir essa menina dentro de mim. Junto com a vontade, veio o nome que, ali, na hora, eu batizei a menina: Sabrina.

Foi só a Sabrina chegar dentro de mim que chegou também o desejo de desenvolver a família Gonçalves. Sem saber o nome deste novo livro que nascia, não dei mais atenção ao *Aula de inglês* e desatei a fazer o que me é mais necessário: criar personagens. Nasceu a tia Inês, depois a dona Gracinha, depois a Paloma, o Andrea Doria e... ao longo dos três anos era só conseguir uma sequência de manhãs livres (é de manhã que eu gosto de escrever, mas, se eu sei que só vou poder ter uma ou duas manhãs pra ficar com os meus personagens, já esmoreço; ah, não! não vai dar pra botar o papo em dia, é melhor nem começar...) que eu ia criando mais e mais personagens pro *Sapato*.

Mas, conforme já te contei num outro *Pra você que me lê*, a minha escrita sempre resultou de tropeços, dúvidas e empacamentos. O *Sapato* não foi exceção. Num desses empacamentos, voltei pro *Aula de inglês*.

Daí pra frente, sempre priorizando tudo que se relacionava à Casa (editora), ora eu escrevia a *Aula*, ora o *Sapato*.

Em maio de 2005, ao comemorar na Bienal do Livro, no Rio, a reunião de TODOS os meus personagens na editora que criei pra eles, comemorei também a resolução de, a partir daquele momento, voltar a priorizar o meu trabalho de escritora. Vim pra Londres disposta a passar alguns meses dedicada aos meus personagens. É no isolamento em que me habituei a viver aqui – em períodos anuais – que eu consigo melhor impulsionar minha escrita.

Então, desta vez, venho conversar contigo nesse clima de envolvimento em que eu ando com todo esse pessoal do *Sapato* e da *Aula* e, nesta conversa, te contar, também, que, de repente, me bateu que o capítulo final que estou dando pro *Sapato* é resultado de uma pessoa só: o professor, da *Aula de inglês*. Me dei conta de que estou sendo muito influenciada por ele e que, da mesma maneira que ele fazia com a Teresa Cristina, comecei também a querer enquadrar meus personagens do *Sapato* em fotos mentais, buscando, na expressão fisionômica de cada um (muito mais do que nos diálogos), o desfecho pra minha história.

Sempre acabo o meu papo contigo na esperança de ter acrescentado uma coisinha qualquer à nossa *troca*. Mais do que isso: na esperança de que possamos nos encontrar outra vez. Então... até lá!

Lygia
Londres, fevereiro de 2006.

14.

Expressões

Na casa amarela

*P*aloma e Andrea Doria tinham ido juntos pra sessão de dança. Quando chegaram, a dona Gracinha sentiu o cheiro da broa que a Paloma tinha levado. Aspirou fundo e declarou: quero um pedaço desse cheiro!

Foi só ver a broa que Sabrina se sentou pra comer. O Andrea Doria imitou a Sabrina. E enquanto a broa ia emagrecendo entre exclamações e murmúrios de prazer, a Paloma se demorava observando os três. Até que, lá pelas tantas, achou que tinha chegado o momento propício: contou pra Sabrina que pretendia adotar ela como filha e que, sendo assim, a Sabrina ia morar com eles.

A princípio, nada no rosto da Sabrina se mexeu. Depois começou um movimento lento: a testa se franziu; o olho se estreitou; a boca (semiaberta e esquecida da broa que tinha parado de mastigar quando a notícia foi dada) se fechou devagar. O olho foi procurar o olho do Andrea Doria; quando encontrou ele rindo e viu a cabeça do Andrea Doria fazendo que sim, que sim, que era isso mesmo, o movimento na cara da Sabrina se acelerou: a boca mastigou a broa depressa, e mais depressa ainda engoliu; a testa se desfranziu; o olho desatou a brilhar, correu pra Paloma, brilhou ainda mais; a boca se esticou, abrindo lugar pro riso; as lágrimas foram chegando, crescendo, transbordando.

E a Paloma se lembrou de um dia, há muito tempo, ela ainda era criança: olhou pro céu de verão, e o azul tinha tanto brilho que ela tapou a cara pra se proteger; justo quando uma nuvem apressada passou e fez chover; quando destapou o rosto, foi tomada de fascínio pelo efeito surpreendente da chuva brilhando ao sol. Feito agora ela está: parada; fascinada; contemplando a emoção muda da Sabrina.

Depois, a Paloma desviou o olhar pra dona Gracinha.

Absorta, desfrutando ao máximo a companhia da broa, a cara da dona Gracinha tem um nome só: contentamento. Covinha na bochecha; olho fazendo um único percurso: da broa pro teto da sala, do teto pra broa na mesa; quando chega na broa, reluz; caminhando pro teto, pega uma expressão atenta enquanto a boca mastiga; voltando pro prato, reluz de novo e ilumina o caminho da mão na escolha de uma nova fatia.

    O olho da Paloma voltou pra cara da Sabrina e se sobressaltou com a nova expressão: as sobrancelhas se levantaram, o olho se enviesou pra dona Gracinha, o queixo e a boca se entortaram em sinal de interrogação, e nem precisou o polegar apontar pro lado: estava na cara que a Sabrina queria saber o destino da dona Gracinha.

    Paloma assumiu um ar meio vago. O olho forçou uma expressão distraída e foi sondar o semblante do Andrea Doria. O olho do Andrea Doria logo pareceu interessadíssimo na capa de um CD que estava em cima da mesa.

    O olho da Paloma se esforçou pra voltar pra cara da Sabrina. Brilho e chuva tinham sumido. A expressão estava tão fechada, nublada, que mal se viam restos de expectativa da interrogação que tinha se formado. Ficaram se encarando.

    A mão da Sabrina se levantou: a ponta do indicador bateu no peito; o polegar se virou pra dona Gracinha. A voz fez uma aparição breve:

    — A gente é duas.

O olho da Paloma procurou de novo o olhar do Andrea Doria, e, quando se encontraram, um ficou pedindo ajuda ao outro. Andrea Doria acabou meio que encolhendo o ombro e armando uma expressão de: paciência, né?

Paloma se pronunciou:

— Vamos levar ela também, Sabrina; vamos ver se dá certo. Mas se não der, eu te prometo que arrumo um bom lugar pra ela se tratar.

Sabrina se levantou num pulo. Abraçou a Paloma; abraçou o Andrea Doria; abraçou a dona Gracinha; correu pro som; botou música; pé, braço, cabelo, corpo, tudo desatou a dançar, celebrando a nova estação de vida que ia começar.

Na soleira da porta

Paloma vai retribuir a visita da dona Estefânia. Assim que a porta se abre, ela avisa:

— É só um minutinho, dona Estefânia, não vou poder nem entrar; só vim pra trazer a lista de assinaturas. — Estende um papel.

A fisionomia da dona Estefânia se suaviza; os lábios se alongam num sorriso de aprovação, o olho vai conferir a assinatura no papel que ela julga se relacionar ao documento que levou pra Paloma assinar. Mas a testa se franze. E se franze mais. O sorriso já se apagou; e os lábios voltaram ao que mais gostam: se apertar. O olho lê atento o cabeçalho no papel; desce pras assinaturas; é atraído pela caneta que vê surgir na frente e, assumindo uma expressão altamente interrogativa, vai procurar o olho da Paloma.

Ao dar com a expressão sorridente (e um pouquinho zombeteira) do olhar em frente, a testa da dona Estefânia se enche ainda mais de pregas; e quando a Paloma começa a explicar a importância do embargo do espigão pra salvaguardar a harmonia do Largo da Sé, a expressão de incompreensão que a cara da dona Estefânia mostrava se modifica por completo: a testa se alisa, o olho se fecha, e a cabeça faz que não, que não, que não. Quando o olho se abre, é pra acompanhar a mão, afastar a caneta e devolver a lista pra Paloma. A voz acentua o gesto:

— No térreo do espigão vai ter um supermercado. É muito útil ter um perto.

Paloma assume um ar resignado e guarda a lista na bolsa.

— Você ainda não assinou a *minha* lista. Eu vou lá buscar. — Dá as costas.

— Não é necessário, dona Estefânia! Não é necessário ninguém mais assinar a sua lista. — A dona Estefânia se vira espantada. — Eu vou adotar a Sabrina. E vou me ocupar da avó dela também. Tenha um bom dia. — Sai.

Durante um tempo a dona Estefânia fica imóvel na soleira da porta, exibindo uma expressão de incredulidade e revolta. Depois o olho inicia uma escalada lenta pro céu azul, na esperança de encontrar conforto por lá.

No açougue

Nunca mais a Paloma tinha voltado ao Landinho, mas agora, saindo da casa da dona Estefânia, ela rumou para lá.

Landinho: era assim que chamavam o Orlando.

Orlando: o açougueiro. O tal lá do capinzal.

Paloma se aproximou já de olho investigando o avental branco do Landinho pra ver se estava respingado de sangue. Estava. Aquilo incomodava ela tanto quanto o açougueiro roubar no peso. E depois que a Sabrina contou o quanto ele andava atrás dela pra um novo encontro, a aversão da Paloma cresceu ainda mais. Mas promessa é promessa. Ela não tinha prometido ao Leonardo que ia se empenhar ao máximo na busca de assinaturas pro projeto do Largo da Sé? Então? Respirou fundo:

— Bom dia, Landinho.

— Bom dia, dona Paloma. Chã? Alcatra? Lagarto? Patinho? — E a ponta da faca se virou pra cima apontado as variedades penduradas.

— Eu não vim comprar carne. — Tirou a lista e a caneta da bolsa. — Vim pra tentar colher a sua assinatura numa petição ao prefeito referente ao embargo da obra do espigão lá no Largo da Sé. Deixa eu explicar num instante pra você.

O cabo da faca descansou no balcão (a ponta sempre de olho nas carnes penduradas), e o Landinho ficou olhando pra Paloma enquanto ela resumia o projeto do Leonardo. Mas acontece que a cara do Landinho é o exemplo perfeito do que a gente chama *uma cara sem expressão.* Quanto mais entusiasmo a Paloma botava na exposição do projeto, querendo arrancar do Landinho uma expressão qualquer — senão de aprovação, pelo menos de interesse —, mais a cara do açougueiro se petrificava. Resultado: a vivacidade fisionômica da Paloma foi se apagando junto com a voz... se apagando... se apagou.

Quando o Landinho viu que a Paloma não ia dizer mais nada, passou a faca pra mão esquerda, pegou o papel e a caneta...

— Atenção! — a Paloma avisou — caiu um pingo de sangue junto da petição!

...limpou o sangue com a ponta do avental e assinou a petição.

O olho da Paloma se arredondou numa expressão de espanto.

— Ah! que bom que você também acha importante salvaguardar a memória arquitetônica da nossa cidade!

— Falaram que vai ter uma moderna seção de carnes no supermercado do espigão: é ruim pro meu açougue.

Paloma guardou a lista, se despediu e saiu. Mas, já na calçada, hesitou; voltou. A faca logo se posicionou pra um possível ataque às carnes.

— Vai querer?...

— Não, é que... sabe aquela menina que mora na casa amarela... a Sabrina?

Nem a faca nem a cara do Landinho se mexeram.

— Eu queria contar a você que... eu adotei ela. Eu sempre quis uma menina, sabe? Então resolvi adotar aquela criança. Ela está vindo morar comigo. Ela e a avó dela.

Ficaram se encarando. No olhar da Paloma: uma certa expectativa. No olhar do Landinho: zero.

Paloma esboçou um gesto de despedida e foi embora.

No Largo da Sé

Paloma ia atravessando o Largo da Sé quando viu o Joel vindo em direção contrária. Estava absorto no livro que tinha na mão. Paloma se deteve; assumiu um ar hesitante.

Quando o Joel levantou o olhar pro caminho, já estava a um passo da Paloma. Parou. A dúvida apareceu no olhar dele. Mas logo sumiu. Ele ajeitou os óculos com a ponta do "pai de todos" e fez um cumprimento com a cabeça:

— Boa tarde, dona Paloma.

Ela retribuiu o gesto de cabeça. Ele seguiu em frente. Mas ela se livrou da hesitação e chamou:

— Joel!

Ele parou e ficou um momento assim, de costas, antes de se virar e perguntar:

— Sim, dona Paloma?

Ela permaneceu parada, feito coisa que tinha esquecido o que que ia dizer.

O eterno sorriso zombeteiro (no dizer do Andrea Doria) apareceu na cara do Joel. A ponta do dedo ajustou de novo os óculos.

De repente, a Paloma pegou um ar decidido; abriu a bolsa, tirou um papel lá de dentro e se aproximou do Joel:

— Estou recolhendo assinaturas para uma petição ao prefeito. O Andrea Doria não falou com você sobre isso? — Estendeu o papel.

O Joel sacudiu a cabeça devagar, enquanto o olho percorria a petição.

— Nós temos que tentar embargar a obra do espigão aqui no largo, Joel! Este largo é uma preciosidade, uma relíquia do século XVIII, nós temos que tentar preservar a nossa memória histórica! Foi um crime demolirem aquele sobradão maravilhoso, e agora... — Se deteve. A expressão no rosto do Joel tinha se transfigurado: denotava um entusiasmo que a Paloma não tinha podido prever. E, conforme ela ia expondo o projeto do Leonardo, mais o entusiasmo se mostrava. Quando parou de falar, o Joel prontamente tirou a caneta do bolso, firmou o papel no livro e, enquanto assinava, desabafava:

— Que grande ideia! Imagina se a gente consegue se livrar do besteirol que vai ser um espigão ali — espichou o queixo pro tapume azul. — Quem sabe a gente acaba até se consolando do outro besteirol, não é?

— Qual?...

— A demolição do sobradão, ué! — Entregou a petição pra Paloma junto com um sorriso não-zombeteiro e seguiu caminho, sem dar tempo dela dizer mais nada.

Na poltrona de couro

Paloma entra no quarto e a primeira coisa que vê é a mala em cima da cama. O olho procura em volta e dá com o Rodolfo semiescondido pela porta aberta do guarda-roupa. Mas logo depois ele se mostra por inteiro: carrega uma pilha de camisas pra mala. Cara virada pro chão; nenhuma vez o olho se levanta pra Paloma. Volta sem pressa pro guarda-roupa, ao mesmo tempo que a Paloma se encaminha pra poltrona de couro; senta e fica olhando pra ele.

No rosto da Paloma a expressão de interrogação é bem clara, mas o Rodolfo não toma conhecimento. Interrogação que vai se tornando cada vez mais óbvia à medida que ele progride na arrumação da mala. Indo e voltando. Indo pro guarda-roupa e voltando pra mala, trazendo meia, cueca, pijama; indo de novo, sem pressa, sem ruído, sem expressão, lenço, camiseta, sapato, indo e voltando, traz até um jaquetão.

O olho da Paloma só se afasta do Rodolfo pra conferir, rapidinho, se a mala já encheu.

Ainda não.

Indo e voltando.

A expressão de interrogação acaba cansando: pede ajuda à voz:

— Você vai viajar?

— Vou. — Fecha a mala.

Quando a Paloma vê que ele já se dispõe a sair, pergunta:

— Posso saber pra onde?

Abaixado, se ocupando com o zíper da mala:

— Pro Hotel da Estação. Você acaba de trazer a sua "perfilhada" Sabrina e a sua "adotada" Vó Gracinha pra esta casa. (Tanto pro *perfilhada* quanto pro *adotada* ele faz sinal de aspas no ar.) Não estou a fim de conviver nem com uma nem com a outra. — Se ergue e, afinal, olha pra Paloma: — Então, minha cara, não me resta senão dizer: até mais ver. — E acompanha o gesto de despedida com uma expressão irônica. — No dia que você voltar a ser a Paloma que eu conheci...

— Mas a Paloma que você conheceu é exatamente esta que você está vendo agora. A outra, que veio depois, foi uma Paloma fabricada pra se ajustar a você...

A expressão de ironia some rapidamente da cara do Rodolfo.

— Nunca! isso é que não! Eu nunca ia me casar com uma Paloma assim. — E o queixo que se espicha pra Paloma mostra todo o desprezo que o *assim* merece.

Ficam se olhando.

Vai aparecendo uma expressão doída na cara da Paloma: mas então era possível?... viverem dia e noite juntos... se amando, rindo, comendo, lutando, cada semana, cada mês, cada ano, quatorze anos! pr'agora se olharem assim... tão desconhecidos!... sem encontrar mais nada pra dizer um pro outro?

O desprezo vai s'embora da cara do Rodolfo e agora chega uma expressão de estranheza: mas então era possível?... mesmo vendo ele ir embora ela não se arrependia?... não enxergava o quanto ela estava brincando com a vida dele... dela... do Andrea Doria?... quatorze anos juntos... dia e noite juntos... e... era possível... ela não enxergar?

E como o olhar dos dois não se separa, a cara da Paloma começa a espelhar a estranheza que o olho vê.

Mas acaba não dando mais pra sustentar a cena: o Rodolfo quebra o silêncio:

— Deixa baixar a poeira disso tudo pra gente ver como é que fica, não é?

Ela parece que acorda; faz que sim com a cabeça:

— É: o tempo tem sempre a última palavra. Quem sabe um dia as tuas ideias mudam? ou, quem sabe até, as minhas?

Sem dizer mais nada o Rodolfo pega a mala e sai.

Paloma não se move; a expressão não se altera; só a mão fica fazendo festa devagar no braço da poltrona de couro.

OBRAS DA AUTORA

Os Colegas - 1972
Angélica - 1975
A Bolsa Amarela - 1976
A Casa da Madrinha - 1978
Corda Bamba - 1979
O Sofá Estampado - 1980
Tchau - 1984
O meu Amigo Pintor - 1987
Nós Três - 1987
Livro – um Encontro - 1988
Fazendo Ana Paz - 1991
Paisagem - 1992
Seis Vezes Lucas - 1995
O Abraço - 1995
Feito à Mão - 1996
A Cama - 1999
O Rio e Eu - 1999
Retratos de Carolina - 2002
Aula de Inglês - 2006
Sapato de Salto - 2006
Dos Vinte 1 - 2007
Querida - 2009
Intramuros - 2016

6302

Este livro foi composto na tipologia Centaur, no corpo 13,5.
A capa em Cartão Supremo 250g e
miolo em papel Pólen Bold 90g.
Impresso na Print Mais Gráfica e Editora Eireli - ME.